U0947253

挂在山腰上的小站

GUAZAI SHANYAOSHANG DE XIAOZHAN

韩玉皓

中国铁道出版社
CHINA RAILWAY PUBLISHING HOUSE

图书在版编目（CIP）数据

挂在山腰上的小站 / 韩玉皓著 .——北京 : 中国铁道出版社，2018.12
ISBN 978-7-113-25154-3

Ⅰ.①挂… Ⅱ.①韩… Ⅲ.①散文集－中国－当代 Ⅳ.①I267

中国版本图书馆 CIP 数据核字（2018）第 271794 号

书　　名：挂在山腰上的小站
作　　者：韩玉皓　著

责任编辑：王　菁　乔建华　　　　电　话：（010）51873005
装帧设计：张　涛
责任印制：赵星辰

出版发行：中国铁道出版社（100054，北京市西城区右安门西街 8 号）
印　　刷：三河市宏盛印务有限公司
版　　次：2018 年 12 月第 1 版　　2018 年 12 月第 1 次印刷
开　　本：710mm×1000mm　1/16　印张：15.25　字数：270 千
书　　号：ISBN 978-7-113-25154-3
定　　价：46.00 元

序　一
铭记心中那片永远的风景

王雄

一

2006年的秋天，我认识了玉皓。

当时，他是哈尔滨铁路局党委宣传部新闻科长，我任郑州铁路局党委宣传部部长。那年，全路宣传系统在我们郑州局开会，一个夕阳西下的傍晚，我特地请了一批新闻科长在黄河古渡口的船上小聚。

玉皓给人的印象是话不多，但挺实在。他当过老师，有良好的修养，又因我们都爱好写作，因此谈话挺对路。总的感觉，他看问题敏锐，说话谦逊，知识量大。

2009年，玉皓出版了自己的第一本散文集《梦见山里花开时》。当时我已调铁道部政治部宣传部工作。他特地来北京给我送了一本，也只是匆匆见了一面。

后来，玉皓调《哈尔滨铁道报》工作，我也调《人民铁道》报工作。我们俩在工作上似乎很有缘，总是在同一个战线作战。时有见面，却匆匆忙忙。交流不多，却心心相印。当然，我们偶尔打电话或发微信，谈得最多的是写作。

读玉皓的作品，总能感觉到他心中有一片永远的风景，他的文字有一种浓浓的乡情在流淌。玉皓出生在鲁西南的一个乡村里。那是个千年古村，与曲阜很近，算是“孔孟之乡”了。玉皓在那里度过了他的童年和少年，受孔孟文化的熏陶，从小就埋下了写作的种子。老屋、田野、村庄、小路，亲情、友情，还有家乡的风俗民情，无不给他留下了深深的记忆。上初中时，玉皓跟随父亲，作为当代的“闯关东”人，走进了大兴安岭。他在大兴安岭林区生活、工作了26年，那山、那水、那片广袤的大森林，成为他笔下源源不断的创作源泉。

山东老家、大兴安岭第二故乡，成为玉皓今生走不出的风景。2015年初春，玉皓出差途经山东故乡，仅呆了十几个小时。事后，他写下了散文诗《躺在故乡田间地头那把破旧的藤椅上》。儿时的记忆，让他泪流满面。还有《喊一声牙林线呦，我的故乡》，情意浓浓。玉皓写道：“捡拾当年的记忆，把它们码成纵横交错的文字，丰富我始终流浪的心。”有情义的人，文字才能有温度。这可能就是作者为什么把对故乡、故土作为黄天厚土放在文集前面的缘故吧。

二

磨砺是一种财富。玉皓的生活和工作经历并不顺利，亲人的早逝、家庭的变故，还有在学生时代身体受到的重创。但是，歌者就是歌者，玉皓能把这些作为一种动力，审视社会和人生，并在其中发现催人奋进的东西。大兴安岭艰苦的生活、生存环境，给他提供了丰富的写作养料。由此，他发表了大量反映林区生活的文章和报道，丝毫没有看到他对险恶、贫瘠、落后，甚至是愚昧的责怨或借题说事。他的文字犹如精彩的“冰雪下的芭蕾”，踏着美的旋律，在滑溜溜的舞台上，让读者感受到他在艰苦环境下的追求。他的记者同事评价道：“玉皓的散文有着蓬勃向上的生命力和新闻的灵感。”

翻阅玉皓的文字，无论是早些年的《静岭上有一座9个人的城市》，还是近几年的《月牙湖夜话》；无论是《青年养路工如是说》，还是《虎峰岭上的笑声》，清风扑面，玉树临风，文字里流淌着对社会、对人生的一种热切的真爱，一种超越风景的美感，那就是他对人生的感悟和生命的咏叹。

读玉皓的文字，一股子土地、山野的味道扑面而来。玉皓自喻为“耕者”。他说：“有人说我像个农民。怎么是像个农民？我本来就是农民。”

玉皓是农民的儿子，尽管他耕耘的对象已经由土地变成了文字，但他依然对土地倾注着情感。他深深地爱着养育他的土地，以及他火热的铁路生活。即使进城多年，他依然坚持到边远山区采访、采风。记者节，他登上虎峰岭，和工人一起穿山越岭；在博林铁路线，他和工人一起出工、一起收工，一起兄弟般唠家常。他的足迹几乎走遍了大兴安岭的岭南岭北、坡上坡下，收获丰厚。《哥们儿，万岁》《嫂子，借你一双小手》《布谷叫醒一面坡》等，都散发着浓郁的北方山野的味道，还有芬芳扑鼻的泥土气息。

记叙山乡经历，讲述工区故事，感情深厚，文字简约，是玉皓深情表达的一大特点。大山、小站、养路工区，那山、那人、那事，都是他作品的主题。《挂在山腰上的小站》《倾听火车驶过山谷的回响》等，每篇文章都是那么情深意浓，如诗如画，给人以美的享受，心灵的撞击。那些优美的表述，或写人，或记事，虽然是作者个人的情思表达，但简约的篇章段句里透露出的是浓郁的生活情调。

玉皓的一些散文，短小精粹，却很有味道，似有沈从文之风。落笔简约疏朗，行文如诗歌跳跃，留有回味的空间，似中有不似，不似中又有似。玉皓的高明之处在于，他能把个人的行踪与感触融于简练、干净的写景叙事中，让人在阅读中获得一种宁静致远的感觉。他笔下的故乡，就是他以诚厚之心、纯朴之情打造的展现心灵的艺术故乡。

三

我一直以为，文学道路如同科学攀登，没有捷径，只能一步一步地艰难跋涉。这种苦行僧的生活，不仅要有激情，更要有一种锲而不舍的精神，从量变打基础，到质变有提升，靠的是勤奋和积累。这一点，玉皓做到了。

玉皓喜欢行走，他的文字都是靠脚板走出来的。干宣传，当记者，行走的路上，玉皓看到了许多，也收获了许多。由于工作的需要，玉皓参与了很多大事件的采写活动。记者独特的视角、敏锐的观察力，让他得到了许多人难以得到的东西。他珍惜光阴，把别人闲暇的时间都用在了“走”和“写”上。他善于积累，边走边写，一路下来，他将许多美好的记忆都变成了文字。

玉皓的一些游记小品，体量出了他坚实的脚步。陌生的旅途，满眼的好奇，通透的快感。他用纯朴洗练的笔墨，描绘山光水色的秀丽壮美，山浪峰涛，层层叠叠，给人以美的熏陶，延伸出广阔的意境来。他以还原记事的手法，记录当地的历史和文化，在历史与文化的融合中，寻找读者的期盼与展望。他写景，细致入微，栩栩如生；他写意，自如洒脱，出神入化。读来意味深长，让人身临其境。在借景抒情中，寄予自己的思考。玉皓丰富的人生经历，每一天都是值得骄傲的记忆。

如今，玉皓已是一家企业报的领导者，要抓管理，还要采访写作，应该说是俗物缠身。难能可贵的是，他一刻也没有放下手中的笔，借助文字，与读者一同分享他写作的快乐，领略他的精神世界，感受他心中的崇高与唯美。

我知道，玉皓的文字深处，是他心中那片永远的风景。

（作者系中国作家协会会员，汉水文化学者，中国铁路作家协会主席，原《人民铁道》报社党委书记、社长）

序　二

故园，文学灵感的源头

——我读玉皓的散文

故园是文学灵感的源头。故园，这个在地理和情感无法割舍的地方也是每一个文字工作者灵魂的居所。在传统的文化情态中，故园文化更接近原生态的淳朴，纯朴善良就是一种人文生态，这种人文生态是在没有受到城市文化冲击之前尚能保持的民风。这种纯朴民风保留了天理人性，是非曲直，是高风亮节观念的坚守。这是我读玉皓散文《残花辞枝头 何以系乡愁》时油然而生的感慨。

明清易代之际，江南遗民的诗文中反复出现一个“剩水残山”意象，学士吕留良品赏宋末遗民陈仲美的画作《如此江山图》这幅画表现的图景酷似宁静悠远的田园景象，欣然评道：“又看亭外环村庄，稻堆十丈钓艇横，太平百年庶几有此事。”仔细琢磨其中的意境后，才发现绘图者心境的悲凉：“其时登者苦无情，我辈情深亭已毁；古人如此尚江山，今日江山更如此。”最后一句便是：“拜乞丽农，为我泼墨重作图，收拾残山与剩水。”

我们这个时代城市化急剧扩张，许多故园消逝湮灭，留下的也气息奄奄，徒存形骸，像空心的老树，像失线的风筝。玉皓是一位极富激情才情的作家，在鲁西南乡村成长，在大兴安岭铁路打磨，逐渐形成以独立、朴素和诚实的笔触，展示了个

人、亲人、发小以及故园在繁杂、喧嚣，浮躁的生活中的深入思考和葱茏声音。

无论多少年，无论走多远，故乡的山，故乡的水，故乡的泥土，故乡的方言，都无不牵扯着作者的心弦。那一缕乡愁，那一抹乡情，在静下来的时候，像电影里播放的镜头，一幕幕清晰的展现在作者眼前，像是一个迷离的梦，亲切、熟悉，又很遥远。乡音悠长，余音声远，令作者在追忆中想起那些或深或浅的残存片段……作者似乎很想让思绪回到从前，回到遥远的乡间小路，水渠沟边，回到儿时的学校和伙伴中间，去寻找飘逝在风里的童年……

好的故园写作，需要作者生于斯、长于斯，活在其中，生命与生境融于一体，始终保持对故园的敏感，并且把自己的心灵和情感稳固在他生活的故园里。对玉皓而言，笔下的故园与心中的故园，是他生命经验和情感经验的综合反映，也是他激情释放的主要通道。他在他生活的故园里，捕捉儿时，捕捉旧事，然后按照自己的所思、所想、所悟，再以文学的方式加以表述；无论是意象的刻画，还是地域化的叙述，流泻而出的抒情，都有着白描般简洁有力地勾勒。语言平实，俏皮幽默，却又高度凝练，富于细节的表现力和色彩的线条感。在他的散文里，笔者更多的见到细节，见到对生活和日常的回味，从细微处体会故园文化的各种微妙。这些微妙无论是妥帖的，还是过分的；无论是现在的，还是过去的；无论是温暖的，还是冷峻的；无论是现实的，还是浪漫的。重要的是，这都属于玉皓自己的，文学的！

诚实、朴素、独立，是我看重的文学本质，也是我对玉皓散文真切的观感。从鲁西南出发，再回到鲁西南；从故园出发，又回到故园；从现实出发，重返记忆。玉皓选择写作是为了记忆，为了宣泄，他凭借于来自农村和土地的精神教养。这种来自民族根系的教养一旦碰到艺术的呼唤，必然如风吹野火熊熊燃烧，且赤心一片；这种赤心用艾青的名句“为什么我的眼里常含泪水？因为我对这土地爱得深沉”来形容毫不为过。

故园的人和物在他的脑海中云蒸霞蔚、云谲波诡地展现，那里的历史和现实，苦乐和悲欢均与他息息相关，总想把存在的东西梳理出来，让人看见繁复、思考、混沌，投望灵魂。玉皓很怀念那些青涩时光。难忘的远去的日子，不知何时，尘封在角落里，再也不曾触及。或许，是真的不想，去回望那甜蜜里的一丝忧伤。因而，玉皓的散文中留下了许多真诚、质朴、厚道、勤劳和坚韧不拔的人的印记和回忆。他把人放在时代、放在生活、放在自然的背景的叙述和描写中，给我们提供的那些时代社会生活中人的心灵、际遇、价值观和精神取向往往比高台教化更亲切、更形象、更有感染力，从他的写作中能够使人看到弥补，想到根脉，看到未来，看到自我救赎，看到文化自觉。

“文化自觉是生活在一定文化中的人对其文化有自知之明并对其发展和未来有充分认识的认识。”费孝通曾发此感慨。这种认识来自于对故园文化的尊崇和敬畏。十八世纪德国哲学家赫尔德称：“怀乡是人类最崇高的痛苦，但我忧心地感到人类在未来将会失去这种痛苦。”城市化的无限膨胀，物欲充满了滚滚红尘，我们的子孙去哪里怀念乡音与乡土，失去乡音和乡土又何谈乡情？乡音和乡土是有个性的。或泼辣，或温婉，或强悍……听着不同的乡音，就如吃着一种地方佳肴，麻辣热烈的川菜，粗犷霸气的东北菜，清淡素简的粤菜……有些乡音和乡土始终拒绝着，就像莫名其妙的讨厌一个人一样，仅凭第一眼或者第一声，你就在心上竖起一道屏障。有些乡音和乡土，却如饮甘泉，如嗅清香，不知不觉地陶醉了。

故园如诗，亦如画。比如找了一处小地方吃饭，服务员是个年轻的媳妇，穿着利落又清爽，招呼的话语响起时，顿时如喝了一杯地瓜烧酒，就着大葱蘸大酱，从耳至心都熨帖。再后来几个艺人豪放的山东快书说起，几乎已忘记东北这些年桌上的笨鸡炖蘑菇了。因而，需要提醒作者的是，我们常常诗意地把故园比作母亲，对于母亲仅仅有文学热情是不够的，仅仅记录叙述是不够的。在城市化迅捷而肤浅的扩张中，乳汁般哺育我们成长的农耕文明摇摇欲坠，岌岌可危，面对此情此景，此爱此恨，即将失去文化自我的我们有没有意识的觉醒，有没有行为的抗拒，有没有理性的思考？岁月，磨砺了曾经的锋芒，经年的风雨，又增了几分沧桑。念旧，似乎也就顺理成章，将记忆润色，去追思一段童真里单纯的守望，怀念一程，作者有没有刻骨铭心的美丽情殇。思考不见得深沉，抗拒不需要暴力；文人的理趣关爱，普世情怀和既得利益相比太弱小了，但却比利欲亘古长久——既然我们无法感性地对抗现实，那就把它理性地留在文字中，让我们的后人知道，在中国的故园，有这样一些人，来过、走过、生过、死过、痛苦过、快乐过，更重要的是思考过。这群人是我们的祖先，我们身上有他们烙下的符号；尽管这符号已成流风余韵、渐行渐远。

乡音也是饱满的生活。作者喜欢行走，流连山水，访古探幽，也喜欢浸染在人来人往的陌生但又寻常的街市。特别是熙熙攘攘中各种语言交换的是真实的烟火生活，在喧闹中飘曳的是尘世的风情。不用看外面的风景，他也能在这些生动悦耳的声音中猜测到每一扇门内的风光。

故园，它有情有义，带着泥土的体温。玉皓这个长久漂泊的人见了故园，用起乡音，再平凡的脸也生动起来，笔下再粗糙的心也温柔了，字里行间必然语泪先流……

（卢伟光，笔名草户，主任编辑，原任《鸡西矿工报》副总编辑；黑龙江省作家协会全委会委员，黑龙江省煤矿作家协会常务副主席，中华散文网创作委员会副主席。）

目 录

第一辑 故土老家

第二辑 笛声回响

第三辑 山水行囊

阿诗玛，你在哪里

好想和欧翁醉在亭

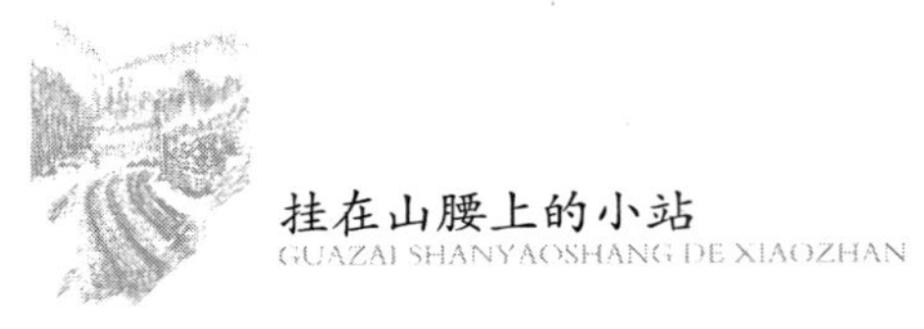

第一辑　故土　老家

父亲，您只给了一次让我拥抱的机会

父亲大人：

见字如面。

我们爷儿俩好久没有用这种传统的形式唠家常了。虽然，现在时髦的东西我也会一些，但是，我总是觉得只有用这种形式和您交流才会感到亲切。

今天是父亲节，是前几年从外国传来的这么一个洋节。咱不管它是什么“土节”，还是“洋节”，咱爷儿俩能交流就好。

屈指数来，您离开我们已经19年了。尽管我们阴阳两隔，但是，我依然觉得您老人家和我生活在一起。我常常梦见我们父子交流的片段，您的满头白发、和蔼的笑容。

我真的很佩服您，我们世代靠种地为生。到了您这里，毅然离开家乡，外出谋生。历尽人间艰辛，您说，不能再让孩子们吃没有文化的苦头。

您给了我们生命，是您的“开放”，让我们兄弟姐妹离开了那片曾经贫瘠的土地，上学、工作、闯荡世界，开阔视野。

“父母在，不远游”。我们是孔孟之乡，受孔老先生的教化很深。但是，您影响、支持、鼓励我们远离故土去闯世界，实属不易。

在我选择难当的时候，哥哥说家有二斗粮，不当孩子王。您却说，我们家世代没有出过一个老师，还是让老四（我排行第四）当老师吧。从此，改变了我的人生和命运。

您还记得吧？在那个山区小镇上的一家俱乐部楼上的那个高音喇叭。每天中午，广播各单位通讯员写的广播稿。您几乎天天站在咱家的院落里，听有没有我写的稿子。回到家，不用问，从您脸上的笑容就知道今天我又被“广播”了。

你没有多高的文化，但是，您能识字．能读我哥哥们从远方的来信。当然，读报纸，还是由我来代替吧。您还记得那台形影不离的小收音机吗？在您走的时候，我们让它一直陪伴在您的身边。

您的鼓励，就是微笑。从您的笑容里，我振奋了精神、汲取了营养、增添了动力。我不是骄傲，我写的东西能经常刊登在中央级新闻媒体上。

父亲的爱是默默的。在我的记忆里，我们爷儿俩好像只有一次认真的拥抱。但是，现在我们已经是阴阳两隔。

因药物过敏，您溘然长逝。当我从山旦赶回来，您已躺在了那冰冷的太平间里。在向您告别的时候，我第一次紧紧拥抱了您，送您回“故乡”。

父爱无疆！

不过，我也需要检讨。在我们爷儿俩独立生活的时间里，再后来您和我们生活在一起的时间里，孩儿有很多让您不满意、不高兴的地方，甚至还有让您伤心的时候。

今天是父亲节。老爹，让我用心给您叩拜，深深地说一声："对不起！"

艰苦的日子过去了，现在条件好多了。越是这样，我越觉得愧疚——如果您安在，我一定让您开心、舒心、放心。

您的孙子长大了。在您怀抱他的时候，他还不知道这个小老头是谁呢。现在，只要他回大兴安岭，一定到墓地去"看看"您和我娘——他心中的爷爷和奶奶。

为了陪我过父亲节，这小子前天就从大学"跑"回来了。他很有出息，也很帅气，比我当年"酷"多了。当时，我们家没有这个条件，我不埋怨您，更不会责怪您。

您是一个穷老头，也是一个苦老头，但是，您给我们留下了世代延续的生命，留下了不朽的精神和崇高伟大的品格。

我给您当儿子，当得很自豪。

我们约定：下辈子，您还做我的父亲！

2008年3月

母亲恋着故土，恋着家

对世界而言，她是渺小的。但是，我们不需要世界，而需要母亲。母亲，对于我们每个人来说，她就是整个世界。

我母亲生命的最后日子，是在内蒙古大兴安岭一个叫作伊图里河的小镇上度过的，并永远长眠在那里了，没有回到她想回去的故乡。

那是1976年初春，母亲千里迢迢，坐了3天3夜硬板座席的火车，从山东老家来山里看望我们父子。

为了一家人能够活命，父亲很早就离开了家乡，闯关东来到了一个叫博克图的地方，在机务段报名参加了铁路工作。后来，我的两个哥哥和我也先后随父亲来到了这里。从此，和母亲离得更远。

那年，我14岁。

后来据大哥讲，母亲十分想念我们，整日牵挂在心，寝食不安。当时，通讯条件差，收到一封家信，最快也要十天半个月。而给母亲写信，成为我最高兴的事。即使想家，抹一把眼泪，还是报一些平安，让她“放心为盼”。

儿行千里母担忧，再加上终年劳作过度，积劳成疾，母亲已是重病在身。

到了伊图里河的时候，她已是面容憔悴，瘦骨嶙峋了。但是，看到我们，她还是那么刚强，说：“没事、没事，就是胃疼。”而胃一旦疼起来，她总是用手顶住胃部。其实，一个朴实的农村老人，哪里知道自己已经患上了癌症，且到了无以治疗的程度。

大约到了11月份，母亲病情加重，住进医院。当时，山里的医疗条件十分差。但是，我二哥还是找关系、“走后门”，多给母亲用一些杜冷丁止痛。她腹胀如鼓，坐卧不得，滴水难进，疼痛难忍。但是，母亲没有喊过一声疼，她是怕我们担忧而影响了工作或学习。

那时，我高中还没有毕业，很无知，对病情更是不了解。二哥把父亲、三哥和我召集在一起，介绍了母亲的病情，说，怕是不行了，要准备后事。

这时，我才意识到，母亲真的要离开我们了，而且，这一天，很快就要到来。我感到无助、无奈，无依无靠，偷偷地哭了一夜。

去医院前，二哥在家里，为母亲留下了最后的一张照片。据说，她老人家一生也没有照过几张像，而这一张相片，竟成为了永别。

感谢二哥，有这般心计。否则，母亲的面容只能靠想象来回忆了。

母亲走了，一个朴实的中国农村妇女，就这样离开了她的土地，长眠在异乡。

时间是1977年3月5日16时许。

那天，小镇上大雪纷飞，混沌一片。

七天之后，等到了从老家赶来奔丧的大哥，母亲下葬。

那天，同样是一个大雪天，风大、雪大，刮得人睁不开眼睛。

在一个坐起看水，躺下向天，背靠大山，周边是树的地方，给她老人家选了“家”。

当时，山里很少有做好的棺木。二哥安排朋友，从山上拉来新的松木，连夜做成了厚厚的棺木，八个男人抬起来都很费劲，上山只好用“爬山虎”（山里运木材的运输工具）来拽。本来，走路只需要半个小时，而把棺木运上山，用了近三个小时。

大哥告诉我们，母亲离开山东老家时，是被用手推车送到车站的。她一直在流泪，不停地念叨：“我看看就回来。”

她恋着故土，恋着家，放心不下大姐、大哥和他们的几个孩子。

而这一别，竟成为永别！

母亲，没有自己的名字。她祖上姓周，前面加上我父亲的姓，这就成了她的名字。

前几天，机关党委要领导干部如实填写一个表，其中一栏，是父母的名字、年龄等。当我拿起笔，多年之后再写下母亲名字的时候，是那样亲切，那般自豪，那番感慨。

有人说，母亲是伟大的。我总是在想，一个“伟大”太轻了，怎能涵盖了她的情怀、她的品德、她对生命延续的功德？！

对世界而言，她是渺小的。但是，我们不需要世界，而是需要母亲。母亲，对于我们每个人来说，她就是整个世界。

在大兴安岭生活和工作的几十年里，我经常到母亲和父亲的墓地去看看，和他们说说烦恼，说说快乐，说说哥哥姐姐们的事。现在，我离开了那里，到了省城，反而多了一份牵挂，一段时间不回去，总是放心不下。

如今，墓地被修葺一新。四周绿色葱茏，山野遍地花开，蓝天白云，山高水长，他们辛劳了一生，也该“享受”这样的清福了。

站在母亲和父亲的“面前”，我每次都是泪如雨下，和他们做着心与心的交流。我时常在想，如果他们能活到现在，该是多好啊！

母亲不识字，我可以读给她听我写的这些文字。我可以继续给她写信，再念给她听。我可以陪她去她想去的任何地方，她回家的路，也不再那样遥远。

这一切，只能是“如果”了。

“想为她欢笑，想为她流泪，这一切，都没了机会。”难道这还不是让人最痛心的吗？！

2015年2月2日　黑龙江《生活报》

大姐，我什么时候再去看你

大姐，我给你买的药，总算凑齐了。本来，今天就想通过我家楼下的顺丰快递寄过去的。可是人家说，里面有药剂，不能空运。若是平递，最快四天才能送到老家的村里。我嫌慢，联系了火车，明天送上车，后天早上就能把药捎到家了。

刚才，我和你弟妹散步，说起这事，她还嫌我办事慢了。正说着，姑爷强子来电话了，姑爷哭了。我顿觉大事不好，你走了——今天上午已经安葬。这时，家里人才告诉我们。

在74岁的时候，你有了自己最后的归宿。

尽管，我们知道你的病已经没法治好了，但是，还是没有想到你走得会这么突然。突然地连小弟最后一点的心意都没尽到。

大姐，在我们兄弟姐妹六个人中，只有你没有离开那个小村子，没有离开你的儿女，一辈子在乡下务农。你的心里，只有庄稼、院子、孩子。那年，二哥的儿子结婚，你第一次出远门，来到哈尔滨。没住了几天，你就惦记家里，惦记姐夫，惦记你的孙男嫡女。我知道，田间地头就是你的生活，大人孩子才是你的生命。终日辛劳，积劳成疾。早年受苦挨饿，现在，还是节衣缩食。你的病，不是一年两年得的，不然，怎么心肺的功能已经坏到了这个程度？！

我记得，你年轻的时候很漂亮，个头不高，但是很苗条，简朴干净，利利索索，很像咱娘的性格。你有文化，上的是“红专学校”。那时，这样的学校不次于现在的大学。因为家里穷，你看着娘很累，所以，没有坚持念下来，中途退学了。不然，你的文化一定比我们高。

大姐，我说你一辈子干了我几辈子才能干的活。你的吃苦耐劳，传遍三村五里，没有年节，没有早晚，常常是忙到半夜，天不亮就起床。一块熟地瓜也要留给我们吃，至于累到什么程度，只有你自己知道。娘是看在眼里，疼在心上。你有了自己的家庭后，相继生养了四个孩子，还要照顾婆婆。别说还有繁重的农活，就是大人孩子的衣食也会把人累垮的。可是，你总是那么风风火火，从不把自己承受的苦和累让我们看见。

你的心里装着所有你的亲人、你的邻居、你的亲属，不光照料好自己的孩子，还照料大哥的儿子、孙子。听说，一个远房亲戚被判刑了，你又承担起照顾他儿子的责任。所以，你有病的时候，孩子们就是再忙再晚再累也要去看看你，守着你。听说，你的外孙、外孙女，守在你的灵前，久跪不起，把膝盖都跪破了。

大姐，你的善良，上天完全还可以让你多活几年。中国农村妇女的美德，你都具备；中国人的大爱大善，你都具备；做妻子、做母亲、做女儿、做奶奶、姥姥的品格，你都具备。大姐，你就是咱娘的影子。

大姐，咱们家境不好，你承担了很大一部分母亲的责任，过早地承受了沉重的负担，最后把你压垮了。从20世纪50年代，咱爹、咱二哥、我三哥和我陆续离开了家乡，背井离乡来到东北。你和母亲就担起了家中繁重的农活、家务，和娘一样牵挂着我们。这几年，越发严重了。可能是你真的老了，一打电话，你就哭。我想尽量少打一两次，但是，又不能停下来，不然，你会想我们的。这个时候，我才真的理解什么是“老姐如母”了！

我常给你说，我们都快60岁了，你还不放心？特别是你有病以后，常常是掉眼泪，一定还有很多心里话没有来得及说。大姐，我们姐弟一场，聚少离多。自从14岁出来，到今年，我一共回老家不到10趟，而且每次都是来去匆忙。眼看我就快退休了，能有功夫陪着你了，可是你却早早地走了……

这辈子，我们做姐弟的时间太短了。大姐，如果有来世，我还是你的弟弟。

大姐，你真的不想离开我们，对么？两年前的2月份，春节前，你病危，我和我三哥、二姐赶回老家看你。可能是你还有太多的牵挂放心不下，可能是你的毅力感动了上天，经过一个多月的重症室抢救，你又在反反复复的病痛中坚持两

年。你生命的顽强，你对生命的渴望，你对我们的留恋，加上姐夫和孩子们对你细心地照顾，感动了上苍，给了你多活两年的力量。

大姐，今年大年初五，你又病危，我们匆匆忙忙地赶了回去。兄弟姐妹围坐在一起，你的精神好了起来。看到你的病情渐渐好转，我们才逐步撤回来。我想：冥冥之中，你一定是再想看我们最后一眼，看到了，也就了却了你的心愿。孩子们说，你走的时候，很安详。早上四点多发病，六点多就咽下了最后一口气。因为，你了却了你心里无数个心愿中的一个，那是一奶同胞的血脉亲情。

大姐，世上的事，就是这样，不能完全随人愿。那个小村子养育了你，但是，最后你还是离开了那里，安葬在百里之外。孩子们的选择是对的，请你理解他们的心意。我看了他们给你选的墓地的视频，那里依山傍水，很清静，你该歇歇了……

依依惜别的亲情

时间过得真快，一周的回乡之旅很快就要结束了。

这次是我离开家乡37年来在家乡呆的时间最长的一次，而且和哥哥、姐姐们结伴回乡。当要离开家乡又要回到那个遥远的地方的时候，总是有一种酸楚压在心里，感到沉甸甸的，好像随时都要倾泻出来。深深的乡愁，浓浓的亲情在即将分别的那一刻，乐意融融的一家人都再也控制不住。

七天时间，我们除了到旧城匆匆看了一眼，再也没有离开过村庄。尽管圣地曲阜就在二十几公里外，我们也没有去游览的意思。旅游景点，属于世界，而村庄和亲人只属于我们自己。

在院子里拉家常，在村子里散步，在乡间小路上徘徊。寻亲问旧，接待来访，推杯换盏，谈论风生……从早到晚，不亦乐乎。

村庄发生了很大变化，几乎没有了当年的模样。但是，儿时的记忆让我挥之不去，历历尽在眼前——

（一）

每次回来，走进生养了我的老宅，泪水总是控制不住。

房屋翻新了多年，依然陈旧。院落还是那个院落，依如当年——

好像母亲和大哥还在院子里用渴望的眼神等我回来，再用泪水和我们分别。

窗户纸被西北风打穿，风笛一样地叫着，好像那就是一种音乐响在耳边。风箱吹旺了灶膛里的火苗，柴草的香味弥漫着，让我在困难中感到踏实、温暖。大哥从铁路上买回来一个馒头，娘总是给我留下一半，那一半给了比我小不了几岁的大侄儿。

贫穷和幸福都成为了我学习的动力。星星伴我上学去，月光照我回家来。学习，成为我的快乐；成绩，成为娘的骄傲。

躺在学校的草垛上，我们憧憬着未来，想象着外面的世界。可能是鬼使神差，37年前的某一天，偶然的机遇，我阴差阳错地从这个院落里走出去，一路向北，再也没有回来过生活和工作。

大哥去世了，这老宅里只有大嫂和我的疯侄女在居住。

站在这破旧的院子里，我眼含泪水怀念、追忆、痛惜，好像听到那窗户纸还在叫，看见窗棂里麻油灯的灯光依旧忽悠地闪烁着……

（二）

在这个村子里，我年长的直系亲属还有四个人：三婶、大嫂、大姐和姐夫。她（他）们的平均年龄在70岁以上了。

我父亲兄弟三人，现在只有三婶健在了。我们兄弟姐妹们回家乡，总是要去看看她老人家。

看到三婶就好像看到了我的亲娘，泪水夺眶而出。老人家拉着我的手，上下端详着，流下了眼泪。八十几岁了，耳不聋，眼不花，满头白发，脸色比几年前还要舒展得多。

惊人的是她的记忆，她像亲娘一样一一说出了我们的年龄、属相和出生时辰，更正了我们对自己生辰的模糊记忆。老人家尽管住的条件不是太好，但是感到满足，自己能烧火做饭。我们要和她合影，三婶告诉我：“屋子里太黑，光线不好”，逗得我们哈哈大笑。

我们兄弟姐妹六人，唯有大姐留在了乡下。姐夫说，大姐是他们家学历最高的，但是，识字很少。大姐在20世纪的50年代末期，就是当地“红专学校”的学生了（那时的“红专学校”培养的学生相当于现在的大学生）。只是家里困难中断了她的学业，再也没有进过校门。

大姐家庭条件一直不错。姐夫是个爽快、勤劳和责任心极强的人，既务农，又务工。孩子们孝敬有加，不愁吃穿，一家人乐意融融。可是，常年的哮喘病困扰着大姐，时常喘不上气来，让我们放心不下。但是，一生忙碌的她一刻也没有停下。

在这几位年长者中，最辛苦、最劳累、最让我们挂念的就是大嫂了。

大嫂17岁嫁到我们家。那时，我还很小，嫂子和娘一起忙里忙外操持家务、种地，照顾我们和她的子女。后来哥哥病逝，嫂子还要照顾有精神病的侄女。七十多岁了，城里人已经是安度晚年了，可是她还要种地，和年轻人一样起早贪黑推车到城里卖菜，照顾一个疯姑娘。

艰辛的生活重负，让她苍老了很多。坐在昏暗的灯光下，我们讲着那些过去的事、现在的事，感伤阵阵袭来。

我们要走了，大嫂送来了花生、白面饼。她也知道，如今的孩子们已经不喜欢这些了，可这毕竟是她的一番心意。

"老嫂比母"，恩重如山。

（三）

远离了嘈杂，远离了浮躁，远离了是非，远离了那些枯燥的文字和机械式的工作，在村庄里我们尽享天伦之乐。

我们聊着过去的那些事，聊着各自的家庭和生活，聊着健康和快乐。

我们到学校去，到田间菜地里去，到老"合作社"去，追忆买铅笔和食品时囊中羞涩的情景。感谢当地村委会，保留了这座近代"文物"。四十几年前，姐姐上学时到这里买过东西。三十几年前，我上学时，还到这里买过东西，直到今天。

我们从侄子家的菜地里摘来鲜嫩的黄瓜、豆角、茄子和青椒。品味着当年有些奢望的大烧饼和夹馅的大煎饼。

侄子、外甥、外甥女，孙子、孙女，儿孙绕膝。同学、亲属、老邻旧居，一拨又一拨。

自从离家后，我一直走着个人奋斗的路——艰辛、苦闷、孤独、伤痛时时袭扰着我。久违了的温暖、和谐、温馨让我顿时感到人间第一情的真切和珍贵。

村庄里，好像没有昼夜之分。到夜深人静的时候，我们还在唠着家常，并能听到其他院落里传出的夜话。

他们很苦，他们很累，但是，他们活得舒心、自在、淡然和从容。

躺在窝棚里，听四野来风，看麦浪滚滚。想起童年时光，更多的是美好的记忆。我给远方的朋友发出信息："我觉得，这窝棚超过了城市的高楼大厦。"如果从消遁的精神世界来讲，我宁愿住这窝棚而远离浮躁。

（四）

再见了，故乡。再见了，我的亲娘。

尽管，村庄已被城市侵蚀，即将消逝。尽管，村庄尚在进步中，差强人意。但是，毕竟是我的村庄、我的家乡，有我的牵挂、我的根，还有我不可散去的灵魂。

回家的路张开着，破旧的家门敞开着。等青丝变白发、翠叶成黄花的时候，我让灵魂领路，跟随它摸到回家的门……

2009年4月　于兖州

老家从前的年味

我的老家在山东兖州，和孔子的家乡曲阜是近邻，那是一个礼仪之邦。从前的年味嘎嘎浓，到现在想起来心里还是满满的、甜甜的、美美的……

忙 年

刚进腊月，兖州古城的大街小巷里，已经摆满了卖年画、年货和鞭炮的摊位。为了显示自家的鞭炮比别人家的响且清脆，所以，都争抢着燃放，一声高过一声，一浪压过一浪，吸引着人们驻足观望，忍不住掏钱去买。几乎半个城里都弥漫着浓浓的炮仗味，地上也就堆起了厚厚的纸屑，人们几乎是在那里面趟着走。

当时很穷，但“再穷也得吃顿饺子”，这是很多中国人的过年情结。所以，日子拮据的百姓们还是要买对联、买“财神”、买些鞭炮什么的，还是要给孩子添置过年的新衣裳，还是要购置点简单的生活用品。东横西纵、颠颠簸簸的乡间土路上到处都是推车的、

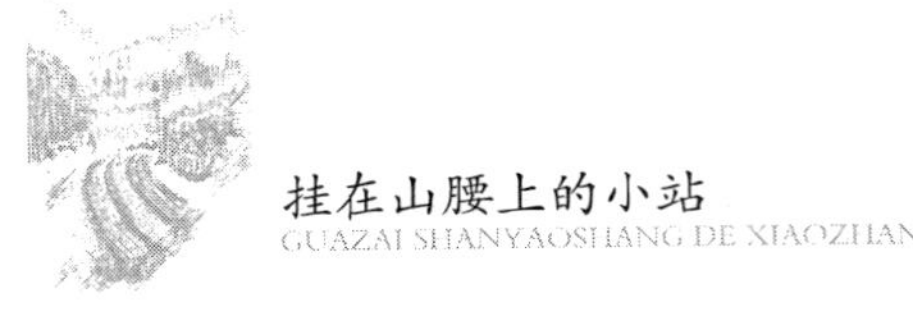

肩扛的、担担的、买年货的人们。有的人还在哼着山东柳琴往家赶，虽不悦耳但很舒心。

在乡下，更是热闹了。家家开始蒸馒头、做年糕、备年货了。娘在大大小小的枣糕上捏出各式各样的小动物造型，再点缀些颜色，栩栩如生。现在想起来，我觉得娘就是天底下最好的民间艺人了。

准备年货期间，娘常常累倒，可她还是里里外外忙个不停，为的是让孩子们高兴。娘说："过年了，谁家都是这样！"

年三十儿

过年、过年，过得就是年三十儿。

早早起来，孩子们都换上了新衣裳，不一定都是新买的，但是，也得干净利索。大人们用水浸湿了红纸，或者是用红胭脂粉给小姑娘擦个红脸蛋，扎个红头绳，这叫"鸿（红）运当头"。

清扫院子也有讲究。尽管几天前就把里里外外收拾干净了，这天一大早还得再清扫一遍。大人们告诉孩子："老祖宗们快回来过年了，都得利利索索的。"清扫要从外往里，从大门口扫到院子，再扫屋子，意思是"家财不外流"。

大约10点多钟，大人们或领着孩子，要到祖坟上祭祖，请老祖宗们回家过年。这些晚辈们用包袱、簸箕（装东西用的家什），装上带有生肖造型的面食，来到祖坟上，烧些香和纸，放几挂小鞭和几个二踢脚什么的，念叨念叨往家走。

至于老祖宗们是谁、跟没跟着回家过年，孩子们不一定能懂。但是，过年了，大人的话还是一定要听的，这是规矩。

把老祖宗们"领"进门，才能贴对联、门神、年画和挂家堂。这个时候，娘会把我们叫到一块，反复叮嘱："今天不能哭，供桌上的东西不能动，不然老祖宗该不高兴了。"还有不能这个，不能那个，我们一个劲儿地点头。

说是年夜饭，其实大都在下午三四点钟吃。吃饭前，要先祭祖，把热腾腾的饺子汤从大门口由里往外依次倒一点、念叨一遍，再供上几个，才能坐下来吃饺子。

这个时候，也不能忘了左邻右舍。邻里之间有的隔着一道矮墙，有的门对门，总是要把自家好吃的东西互相送一点，讨个来年红火吉利的念想。你来我往，香气弥漫了整个村子。

年夜饭大都在正房的堂屋里吃。尽管外面飘着雪花，还是要房门大开，迎春纳福。老人、孩子，还有看不见的老祖宗们围坐在一个大八仙桌前，其乐融融，浓浓的年味，已不觉得冷，也不知道啥是苦了。

磕头拜年出正月

拜年必须“磕头”，老祖宗的习俗传承了上千年。

磕头，也叫“叩首”，那是相当讲究。客人拜年，首先站在家堂前，拱手祭拜，再跪在供桌前边的垫子上磕三下头，然后再给年长和辈分大的人磕头，照此办理。有时候还要给儿童压岁钱。可是，对于我们这些年龄特小的人来说就顾不得那些讲究了。

刚过初一子时，就开始拜年了。孩子们手里提着灯笼、举着蜡烛到邻居、近亲和老师家去了。开始就几个人，后来越聚越多，多的时候十几个人，踢里踏拉一大帮。不管姓甚名谁，不管堂前有没有人，也不管有没有磕头用的垫子，嘴里念叨着“过年好”，呼啦一大片，跪下就磕，磕完就走，接着再去另一家。

压岁钱是个习俗，可是很少有人给我们这帮“小嘎子”钱的。即使不给孩子们压岁钱，依旧会磕头的。还有的大人给孩子开玩笑，“磕个响头，给压岁钱。”孩子们来真的，“咣咣咣……”磕了三个响头，得到五分钱，还乐得屁颠屁颠的。

走东家，串西家，这一帮，那一伙，除了孩子，还有大人，几千人的村子里像在上演走马灯，热闹得开了锅。很多有矛盾的、邻里间不说话的、平常有点“装”的，都通过这几天亲热起来。整个村子就是一个大舞台，上演着中华民族薪火相传的过年大戏。

孩子们玩疯了，忘了吃饭，扒个花生、含个糖块、卷个大煎饼、喝口凉水，接着拜年。从子夜出门，直到家家再亮起灯笼、点起了蜡烛才回家。

这只是开始。初一磕完了，明天接着磕……

2015年2月12日　《哈尔滨铁道报》

忆济南

济南对于我来说，其实谈不上“忆”的问题。因为，在这之前，我就从来没有去过济南。

对我来说，应该是一种罪过。满世界说自己是一个地道的山东人，半个多世纪过去了，竟然没有去朝拜过自己故乡的省会城市，真是一件很汗颜的事！

兖州离济南，大约不到200公里的路程，现在坐高铁也就是几十分钟。过去，一定是很远的。尽管县城离我们的村子只有4、5里地，但是，能进一趟县城都算是奢侈了，更别说离家几百公里的济南了。

我没有考察过，只是听说，我爹我娘生活了一辈子，也没有到过他们心中的“济南府”。大哥在铁路上工作，是个巡道工。60年代初的时候，到过一次济南，那是去参加铁路局的劳模会。那个年代，就是那样一个条件，那样一种活法。

但是，在我儿时的记忆里，对济南真的是不陌生，大明湖、趵突泉、济南战役，山东第一师范学校，还有女词人李清照，等等，都从书上、电影里看过或者是听大人们说过。但是，济南到底是个什么样，仅仅是一种记忆，印象定格在那个年代，那个时刻。

五十多年后的今天，于这个秋日，我与济南相遇。匆匆数小时，真是于蒙蒙雨雾中浮光掠影。在离开济南的时候，我在济南西站贵宾室里，看到了墙上的几张老照片，似乎觉得印象中的老济南就应该是这个样。

“少小离家老大回，乡音无改鬓毛衰。”孩提的我啊，如今已成为老汉，几十年过去了，回到故乡，来到济南，但也并非是一个匆匆的过客。这次我似主人般地回来了，好像这里就是我的家乡。

我很自豪地用微信对远方的朋友说：“我回老家了！”

“四面荷花三面柳，一城山色半城湖”，秋雨潇潇，雨雾蒙蒙，整个济南掩映在绿阴之中，于匆匆之中我哪能看清它的“庐山真面目”。

“不看趵突泉，妄来济南府”，这是小时候在老家时记住的一句话。坐上51路汽车，我来到了大明湖，接着又去了趵突泉，以了却儿时的一个念想。

因为，没有过去的印象，也就没有现在的参照，只好言说眼前的景物了。

雨在不停地下，大明湖湖面，水花四溅，泛泛点点。一角尚有几株荷花藕叶，上面挂着水珠，平添了些许灵性。据说，柳树是济南的市树，果真如此。垂柳青青，亲吻着湖水，更有年轻的少男少女在雨中撑开花伞，相互偎依，漫步湖边。好一个“萌萌”的大明湖。

如果说大明湖给人的感觉是恬静淡雅，那么趵突泉就更加有其内涵。我认为不仅在其景观，而且在于灵性、神秘与文化的底蕴。看着那泉水喷涌，泛着水花，甚是喜人。更有那些文人墨客留下的诗文、题字，让这神灵多了几分活力。

回来后，我“百度”了一下，济南有四大泉域，十大泉群，72名泉，733个天然泉，在国内外城市中甚为罕见，是天然岩溶泉水博物馆，真不愧为“泉都”。只是我不能一一亲近，不能不说是一个遗憾。

我以一颗虔诚的心，伫立在趵突泉公园内李清照的汉白玉雕像前，想与我从小就崇拜的才女老乡做一次对话，做一次心与心的交流：“寻寻觅觅，冷冷清清，凄凄惨惨戚戚。乍暖还寒时候，最难将息。”而今，她“出土有节、凌云虚心”的品格与诗作流传天下且千古。读着这“枕上诗书闲处好，门前风景雨来佳”的诗句，抹一把脸上的秋雨，我竟然没有一点“凄惨”的凉意，倒是觉得书香弥漫，心里暖暖的。

走进趵突泉公园内的万竹园、沧园、泺苑，园内的木瓜、石榴、玉兰、修竹、翠柏、芭蕉等多种花木上，果实累累，朵朵绽放。“拜见”李苦禅大师、一代英豪“沧溟先生”，真是觉得“孔孟之乡，礼仪之邦”，做个山东人这般自豪。

花红草翠，柳枝依依，在济南随处可见葱茏，绿色无处不在，古城生机盎然，血脉经络相同。我想，济南一定是齐鲁大地上一块最璀璨的绿宝石了。

雨中的济南，对我而言，今天仍是一个记忆，无力去吸吮它的精华。如果问我，更喜欢哪一个济南，我还是钟情于我少年时的印象。正像我每次回到兖州，总是要避开繁华，踏着青石板路，到那条破旧的老街上走一走，听着乡音，重拾童年的记忆。只有这样，才感觉真正回到了老家。因为，那是我的脉之所系、根之所在。

2015年9月30日　《济南铁道报》

我吃到了家乡的大烧饼

前几天，大姐的孙子，也就是我的外甥孙子，从老家通过公路物流，托运来了家乡的特产，有煎饼、烧饼、咸菜、徐州豆腐干等。

圆圆的大烧饼，烤得黄澄澄的，上面撒满了芝麻，嚼上一口，还是那么香脆。

“月是故乡圆”，烧饼还是老家的好吃。它的个儿，还是那么大；味道，还是当年那个味；让我仿佛一下子回到了老家，回到了童年和少年时代的老家。

我的老家在山东，在鲁西南离兖州县城不远的宋家村。当时，家里日子过得很苦，常常是连地瓜干都吃不上。好在大哥在铁路上工作，有固定的收入，时常还能节省下一、两个白面馒头，拿回来给娘吃。

可是，娘哪儿舍得吃啊！她就偷偷藏起来，一半给我大哥的大儿子，一半给我留下。只有感冒发烧，不能上学了或者是考试成绩好，拿回奖状的时候，娘才到村里的供销社给我买点光腚糖或者是几块饼干。

正是这样的境遇，让我始终坚持上学，发奋读书，学会做人。

那个时候，我最想吃的就是大烧饼。偶尔跟娘、跟大哥进城，就能吃上一回。当时的烧饼好像是5分钱一个。即使自己进城，也舍不得买一个吃。省下钱来看场电影或者是买一本小人书。因为，小人书，就是我那昝的食粮。

我记得当时兖州城西关有个叫“御桥”的集市，相当的大。我们家离西关近点，就经常到西关市场买东西。有时就站在人家烤烧饼的地方看一看。圆圆的一个面饼，贴到那个泥做的吊炉里，它怎么烤也掉不下来。不一会，烤好了，那味道，现在想起来，还是香香的。

有一回，我们几个同学进城，凑了一毛钱，买了2个烧饼，没吃饱。可是，再也没钱买了，只好站在人家那里打转转。回味着烧饼的味道，还是高高兴兴地回了家。

20世纪70年代初，我离开了家乡，来到了内蒙古大兴安岭。从此，吃烧饼的机会更少了。可是，我依然怀念家乡，想吃烧饼。

期间，我回过几次家乡。每次回去，烧饼都是我一日三餐的主食。姐夫总是要到很远的地方才能买到烧饼。据说，兖州城里，方圆几十里已经没有人会打烧饼了。

到了2006年，当地政府以“山东大烧饼”的品牌，作为“传统手工技艺”，申请了文化遗产，我甚是高兴。据了解，这可能是当地政府为这个具有几百年历史古城申请的第一个文化遗产。

造福后代，传承文化，也无愧于前人。这样的事，做得越多越好。

如今，我走进了大都市，吃的东西林林种种。但是，有滋味的不多，好吃的不多，能出点念想的更不多。

但是，我吃着家乡的大烧饼，能吃出文化，吃出品位，吃出情感，吃出我童年的故事。

吃着兖州大烧饼，我想念那个即将消失的村庄，想起了娘。

2015年2月13日　《济南铁道报》

那个年代，那个村庄

我出生在一个叫作宋家村的普通农村。这个小村子在鲁西南大平原上。村庄连着村庄，乡路牵着乡路，四通八达，阡陌纵横。人们收割、耕种、走亲戚都很方便。周围村子里卖东西的吆喝声、牲口的叫唤声包围着每一个村庄，鸡犬相闻，气息相通。因此，也说不清楚自己的村子究竟处在什么位置。据说，这里不远的地方就是电影《铁道游击队》中说的微山湖了，周边还是孔子、孟子的故乡。

在这个村子中，宋姓是大家族，人多势众，村子也就依大姓而名了。

除了宋姓，陈氏、何氏也算是大姓了。我们韩姓只是一支，全部为堂兄亲属。论人数和地位都不占优势，受气吃亏也就是常事了。

村子有600多人。世代都是面朝黄土，背负青天，靠天为生的老实巴交的农民。有的人逃荒要饭去了，更多的人还是在家种地、卖菜，娶妻生子，繁衍后代。

村子很恬静。春天，绿油油的麦苗，晨风吹来，掩埋了阡陌，涌向远方，一直翻滚到另一个村庄。绿树掩映的村庄遮盖了一个个破旧的草房，袅袅炊烟把小村庄涂抹得像一幅烟雨迷蒙的水彩画。

村中间和东头，各有一个河塘。荷花盛开，大大的莲叶铺张在水面上，有红蜻蜓在荷尖上起舞弄清影。知了叫得很欢，整个村庄都湮没在知了的和弦之中。冬天，我们常常在荷塘的冰面上抽冰尜，追逐嬉闹，好像只有那里才是我们最好

的去处。大雁飞来，在麦田里栖息。据说，那雁阵总有打头的，自己不睡觉，为雁阵当警卫。它们从遥远的北方飞来，我们即使追逐到他们身边，也不好去打扰它们。

村子离铁路不远。时常看见火车从远方拉响汽笛飞驰来往，向往那吞云吐雾的火车，愿意听那高亢嘹亮的汽笛声，那可能是我童年听到的最美的音乐了。

早晨或晚上，晨雾或炊烟飘荡，总看到很远很远的地方时隐时现的一个山头。这里是大平原，本不该有山的。大人说，那座山叫淄阳山。所以，我们看那山看得出奇，比划着、想象着山究竟是什么样子，为什么它都高到天上了？

那个年代，贫穷是自然的。整个国家都是这样，一个靠天吃饭的小乡村还能好吗？

生活是艰难的。但小乡村的乳汁是香甜的、炊烟是香甜的、空气是香甜的、麦苗是香甜的。香甜的乡村养育了我，成了我一生最美的心痕底片，随时会放大翻新。

残花辞枝头，何以系乡愁

正是过年的时候，我又回到了家乡，鲁西南的那个小村庄。但是，我的心情沉沉的，除了病危中的大姐让我忧心忡忡，再就是我童年、少年时代记忆的影像正在日益剧增地模糊起来：村庄早已被从城里迁到乡下的钢铁厂、水泥厂、制造厂和成片的高楼大厦以及各色乐园所挤压。“城市包围了农村”，村子在喘息中生存。家里的孩子们告诉我，周边的几个村子都拆得差不多了，他们可能很快就要离开这里——

老屋 炊烟 枯草

早上，我又登上了大姐家屋顶上的平台。这是我每次回去后一定要去的地方之一，也是一个习惯。站在上面可以环顾四周，俯瞰村庄，眺望田野，看人来人往，听鸡鸣狗吠，望四野风景，接八面来风。目之所及，把全部的家乡都装进游子的行囊。

可是现在，大雾很浓很厚，夹杂着怪怪的味道，笼罩着村庄，原本清晰的邻村也只是一个轮廓。家里人说，这样的天气从前没见过，这十几年越来越严重了。我再俯身往下一看，狭长的街道，空荡荡的，两边的深宅大院构成了乡村小巷的“一线天”，完全没有了当年的那番门前寒暄、人群熙攘的景象。我的思绪顺着这被拉长的影子在流淌，在想象，在极力想找到童年、少年时代的记忆，可是，一切都是徒劳。

我眼前的那间老屋，显然与今天的环境很不协调。可是，它已经是这个村庄的“古董”了。青砖黛瓦，起脊留檐，屋脊上还有和青瓦同时期完成的麒麟造型，大致能看到轮廓。老屋上长满了野草，在寒风中摇摆。它们是从屋脊、瓦片的缝隙里长出来的，生命力极强。从前，我家的老屋上也长了这种草，娘说：“留着它吧，日子好！”几缕炊烟爬了上来，懒懒地散开。我深呼吸一下，想闻到小时候那股柴草香甜的味道，又一次失望了。

晚上，我从村子的东头走到西头，再从西头走到东头，徘徊着，想象着儿时的情景。路灯下，只有几伙老头、老太太在散步。村委会前的彩灯闪烁着，新建的戏台静静的，只有孩子们在玩耍。

按常理，今天是大年初五，正是乡下年味十足的时候。家家户户门口或墙头上点着蜡烛，门前挂着大红灯笼。孩子们三五成群、挨家挨户地拜年，整个村子好像开锅了一样热闹，那年味浓得醉人。可是，注入了这种文化习俗血脉千年的家乡却年味淡淡、乡情疏疏了，只有从那些老人们中间传来的低低的乡音，才找到了一点回家的感觉。

走在路灯下，我还想着那老屋，想着那风中的枯草，五味杂陈。我的村庄，我的乡愁，梁上的旧巢没了，燕子何处安家？！

我的学校　还有油灯

我读书的中学，在我们邻村高庙。从我们家到学校，经过一片果园，再穿过一个砖窑就到了。

其实，我在这里读书的时间很短，只上了一年多一点的课就去了东北。但是，这里给我的却是永恒的记忆，影响一生。

那时候，念小学不出村，上中学进“联中”，就是临近的几个村子联合起来办学，就叫“联中”了。白天，学生们学习或干农活；晚上，除了上课，还要轮流看青。几个小伙伴，或躺或坐在草垛上讲故事、数星星，想象着外面的世界，憧憬着长大之后能干点什么。没有电灯，每个同学从家里拿来油灯，也就是一个破碗，里面装上煤油，再用棉花搓成一个芯子点燃，就成了照明工具。就是在那样的条件下，我们也没有虚度时光，而是少年有为，发奋读书。

现在，村子小了，人也少了，生源没那么多了。多少年前，学校把后面的那趟平房（我曾经上课的地方）改为幼儿园了，学校就是现在的一栋小二楼。校门紧锁，空无一人，校园里冷冷清清。

我站在那里，不忍离去。我简朴的学校，我少年的同学，还有那土坯的课桌和忽明忽暗的灯光，好像一下子都从那校园里涌了出来，我泪水盈眶。

“少小离家老大回，乡音无改鬓毛衰。”此时，我多想再听到那琅琅的书声，听到那星空下的笑声和充满稚气且土气的歌声；我多想此时能遇到一个同学或者是从幼儿园出来的孩子，能和我拉拉呱、说几句，让渴望的心得以慰藉。

碾子不再唱起童年的歌谣

在我儿时的记忆里，村子里有很多用来碾米磨面的碾子。在我念小学的校门前，就有一个大大的碾子，我时常看娘在碾米磨面，那是我最愉快的时候。因为，只有这个时候，娘才能有一点时间给我讲故事、说家史，讲这碾子的来历。

我每次回到家乡，总是要找到那碾子，好像没有见到它，心里就空落落的。后来，它流落在村头，像一个老人，向过往的人们讲述着这个村子的故事，更像一块活化石，证实村子的久远和丰厚的底蕴。

岁岁年年，风剥雨蚀，碾子一如磐石，石刻的纹络还很清晰，只是石碾上紧箍着铁板，已锈蚀斑斑。如今，它静静地躲在角落里，里面堆满了垃圾。是啊，它毕竟进入了风烛残年，该彻底退出历史舞台了。

小小的碾子，圆圆的磨盘，吱吱的声音，是儿时最悦耳的歌谣，伴我度过了那艰苦且欢乐的童年。世事变迁，当年的歌谣正渐渐地随风飘散。

依恋不舍地离开那碾子，我又来到村口，抚摸着立在村委会门前的水泥“碑”。上面的字迹还依稀可辨——宋氏村庄，始建于明初。算起来，至今已有600多年了……

怀念故乡从前的中秋

我怀念故乡从前的中秋：
劳作的人们尽享着月光的恩惠，
笑声翻越一道道矮墙，
荡漾在古老的村庄。

我怀念故乡从前的中秋：
挂满丰收的小院撒满银光，
好像她只属于自己家里，
举头邀明月，天地人间。

我怀念故乡从前的中秋：
席地坐在滚热的麦场上，
秋风翻动着大人们心里的账本，
老牛拉着碾子没有停歇。

我怀念故乡从前的中秋：
月饼很大却很少，
放在嘴里慢慢品味吧。
几十年了，依旧香在心头。

我怀念故乡从前的中秋：
石磨盘上摆满刚刚摘下的果实，
那打枣的竹竿还在树下，
一抬头，又看见了挂在枝头上的石榴。

我怀念故乡从前的中秋：
躺在青草垛上望着月亮发呆，
小白兔啊，你可别跑下来呀，
嫦娥一定会伤心难过。

我怀念故乡从前的中秋：
冲出村落，我们在田野里追逐，
一只小花狗跟在后面，
没有方向，因为田野就是我们的家乡。

我怀念故乡从前的中秋：
记忆的底片深深地镌刻在心灵深处，
把村庄和院落一起封存起来吧，
还有月光、月饼、笑声与那只小狗。

2014年中秋于兖州宋家村

躺在故乡田间地头那把破旧的藤椅上

躺在故乡田间地头那把破旧的藤椅上，
我贪婪地吸吮着泥土苏醒了的芬芳。

那些昆虫啊，
在土地里窸窸窣窣地忙着。
黑的花的还有白的蝴蝶张扬着翅膀，
舞姿蹁跹诱惑着我的目光。

窝棚下面的那只小狗不时打量着我，
似曾相识啊，他好像在问：
你是这里的主人吗？
怎么这样悠闲坦然。
噢，我告诉它——
家在远方，
心在故乡。

刚刚收割或者还没有收割的麦田里，
稻草人依旧站在那里痴痴地守望。
泛红的桃子挂在含着露珠的枝头，
一曲二胡的声音从那片翠绿中传了过来。
机井里的水啊还是那样泛着白花，
从窄窄的垄沟里蹦蹦跳跳地钻进了菜地。
那些青椒茄子西红柿瞬时打起了精神，
我分明听到了生命拔节的歌唱。

那个还没有巴掌大的收音机里，
正唱着家乡戏。
于是，藤椅和我一起摇晃。
吱吱的声音如儿时的摇篮曲，
让我几分醉意，
几多惆怅，
把一顶破旧的草帽戴在头上。

来一个自拍发到了朋友圈，
他们说：你还真像个农民
我说：什么叫“真像”？
正是农民的血脉滋养了我，
我的生命属于这片土地，属于故乡。

收音机里的戏还在继续，
小狗还是那样好奇地打量。
随着汩汩流淌的清水，

我的眼泪也流了下来。
躺在故乡田间地头那把破旧的藤椅上，
我贪婪地吸吮着泥土苏醒了的芬芳。
回到故乡，
就找到了爹娘。

2015年7月30日　《济南铁道报》

第二辑

笛声回响

山野春天的咏叹

有人说，冬天与春天的界限是瓦解，是冰的坍塌与雪的融化。而山里人感觉春天的到来，便是那山花绽放的笑脸。即使一朵山花笑破，也就闻到了春天的气息，听到了春天匆匆而来的脚步声。

山里的冬天很漫长，还见大雁南飞，转眼便到了冬天，而最先来到人间的春意又总是被雄踞大地的严冬所拒绝、所稀释、所泯灭。即使达子香簇簇燃烧，青松、白桦方吐新绿，忽然一夜寒风飘过，与之俱来的飞雪又飘然而至。

于是，我看到春天从山里走来，听到了春的足音，梦见了山里花开的季节。

那是一个被严冬禁锢的季节。小河冻僵了，小草被淹没了，朔风摇晃着群山，林涛、峡谷在震荡。

雪野上，只有那些不知名的动物浅浅掠过的足印，曲曲折折地钻进了树林。

树梢上，已经不见鸟儿的踪影。

而山里的春天像薄纱后面的情人，悄悄地蒙住了你的眼睛，豁然间站在了你的面前。

人们耐不住这死气沉沉的冻结的世界，于是，便急不可待地去踏寻那严寒桎梏下的早已在地平线上生长着的绿意。孩子们在山林里追逐，老人们在风雪中习武，辛劳的人们一刻也没有停下匆匆前进的脚步。

我从梦中醒来，春天，不是由远方来到眼前，不是由天外来到人间，而是她深藏在万物生命之中，从生命深处爆发出来，是生的本源释放和生的激情的张扬。

走在春寒料峭的山里，我不再感到旅途的冷漠。

我们相约在这个季节，我分明听到了生命拔节的声音……

雪之舞

春天，城里的丁香开满了人们的视野，便蹒跚着走进山里。当她破门而入的时候，那里的大雪依旧恋着待放的花朵。

花开了，雪还在下。大片的雪花弥漫着整个森林，时而能听到雪落的声音。

白雪、红花，时而露出几缕新枝。那雪，便格外白；那花，便格外艳；那新枝，便格外绿意葱茏。

花与雪争美，雪和花竞秀。这漫天飞舞的雪花与这个季节作着最后的告别。

谁家大师，能有这番功底，绘出这洋洋洒洒的天籁神韵。

于是，我停下匆匆的脚步，与雪中盛开的花朵做心灵的对话。

徜徉在雪与花并舞的季节，解脱冰的枷锁，我的灵魂在山野里奔走，如此这般的畅快淋漓。

我便醉了，醉眼蒙眬。达子香如火燃烧，灼热了我的双眼。采撷几朵山花含在口中，心灵多了几分透彻。

于是，从山上采回几枝达子香枯瘦的枝条，插在窗台上的瓶子里，给它水分，让它尽享阳光。

一日早晨醒来，但见枝头山花笑破，盈盈地张着笑脸，粉红、艳亮，咄咄的生气让这空间充满了格外的兴奋。我用力吸吮着它的馨香，清新、充沛、诱惑而又撩人，这是生命本源的气息。

望着窗外飘扬的雪花，我突然感到春天逃过我细心的留意，已悄悄地挤进门来。

我走在山里的雪地上，有时真为它纤弱的生命担心，怕它熬不过这严冬的囚禁，想见它此时是怎样地苦苦挣扎，而今见它依旧笑绽枝头，禁不住为之折服。

六月雪，依旧在下；烂漫的山花，任性地开放着。这万物的精灵啊，在寒风与冰雪中涌动着生命的力量，最早报道了春的讯息。

晨之曲

那些野花在尽情地开放，黄的，红的，粉的，紫的，还有白的，洒满了山野。

那些鸟儿在欢乐地歌唱，或在天上，或在树梢，或在你我身边的草丛中。

那些生灵在忘情地散步，牛羊们痴情地亲吻着大地，鸡鸭们撒欢儿地奔跑，几声狗吠也是声声入耳。

来吧，花朵；

来吧，生灵；

来吧，一切一切鲜活的生命，都在这一刻，都在这温馨的怀抱里集合，让我的灵魂在山野里纵情奔放。

晨雾恋着山野不忍离去，但见那破旧的木板围着的小院里，像是梨花开得恣意，给废墟带来了生机。

穿过从前走过的泥泞的路，我走在一段废弃的铁路上。长满了野草，钢轨的锈迹氧化了路边的石块。石块与腐朽的枕木间，盛开着一种花，黄灿灿、亮晶晶的。露珠挂在花瓣上，似乎就要落下来。

但是，不忍亲吻。只恐我的冲动，会打扰她的宁静，触碰她的美梦。

铁路废弃了，火车远去了。从此，没了喧嚣，留下的只是安静，还有生命的乐园。

露水亲吻我，打湿了裤脚，好像有泪水从我的眼角滚落下来，落在花朵上。那花，格外鲜亮。

布谷鸟毫不吝啬自己的嗓子，热情地迎接着远方来客。那清脆的歌声，弥漫在山谷里。划过山梁，又从远方萦绕回来，击打着我的耳鼓。

她和她们是自豪的，因为这里是她们的家，唱着属于她们的和谐与幸福。

还是那条小河，载满了我的青春岁月。不知她从哪里来，也不知她会到哪里去，只看到她始终如一无忧无虑地只顾向前撒着欢儿地奔跑。

一脉山泉水，不停地向前流，滋养着河边的花朵、绿草和牛羊，也滋养着亲近她的山里人。

那水好清澈啊，好像能照亮我的灵魂。面对善良与真诚，我内心坦然，没有汗颜，也没有胆怯，更没有丝毫的愧疚。

掬起一捧河水，好凉啊，流进心里，却甜丝丝的。正是这山里一条无名的小河，给了我创作的灵感，还有生命的乳汁。

我静静地站在那里，内心接受她的洗礼。

雨雾拉开幔帐，像一道追光照射在我的身上。身影大半地倒映在河水里，心却随着淙淙流淌的档口水奔向远方。

布谷鸟的叫声，金属般敲打着我的心灵。云雀应和着，草虫应和着，那些牛羊也开始应和着。山谷里荡漾起了春之声。

花之醉

好久没有回山里了。一日，山里的朋友发来短信告诉我达子香就要开了，助燃了我的思乡之情。

日有所想，梦有所思。一夜千里，我在梦中真的就回到了大兴安岭。扑进大山的怀抱，吸吮着早春的气息，在山林、在花丛中找寻我最初的梦想。

按时令，进入五月，北京玉渊潭的樱花早已落英缤纷。在我生活的城市，丁香也缀满了枝头。而在山里，依然是春寒料峭，暗香淡淡。可是，我还是一往情深地沿着山间小路，向那山花待放的地方奔去。在草香、花香、松脂香弥漫的世界里，让思绪恣意扩张，让灵魂在山林里流浪。

大兴安岭是我的第二故乡。我在被大山环抱的小镇上生活了整整二十七年。这里，一年四季有八个月的光景属于冬天。从头年中旬下第一场雪开始，山里人就被禁锢在了冰雪的世界里。

到了第二年五月，冰雪渐渐消融。人们只听见河套里释解的冰排发出的“咔咔”的清脆撞击声，却不见春上枝头。时常下起雪来，沟壑里、山林间，堆堆散散的积雪越发醒目，昭示着山里春天还是姗姗来迟。

听春不见春，春在何处？孩子们看大雁归来，听布谷声声，便拉着大人的手，不依不饶地找春、闹春。

某日的一个清晨，山里人推开窗户，清新的气息扑面而来，举目远望，豁然开朗——达子香开了，春天来了！被春天解放了的人们，卸下一身御寒的盔甲，纷纷冲出户外，特别是那些不甘束缚的青年和孩子们奔走相告，欢呼着、雀跃着，蝴蝶恋花般扑进林中、坡上、河边、路旁……

达子香花，山里人的报春花。花开了，山里的春天才真的来了！

达子香，属于杜鹃类木植物。低矮者，盈尺；挺拔者，过人。她在大兴安岭的冰风雪锁下孕育生命，迎着春雪绽放。傲骨铮铮，坚忍不拔。即使寒冬腊月，把她采回来，插进花瓶，有水、有阳光，她依然会绽放枝头，平添几分春意。

达子香，其花如名，朴实无华，甚是有几分土气，星星点点间，淡淡紫紫，燎原之势时，如火如荼。千里兴安，山花烂漫；目之所及，层林尽染。云雾朦胧中，花随云行，云牵花动，携云缠雾，飘飘似仙。妙笔难书其景，让人叹为观止！

花开正浓，叶儿刚上枝头。红花绿叶，相得益彰。达紫香，虽开万花之先，但不与万花争艳。香而不浮，闹而不躁；独守品格，情怀默默；甘于奉献，不肆张扬。其容，让人赏心悦目；其花，亦可入药，祛病健身。我曾把她作为最高贵的礼物，送给我远方的朋友。

春来五月间，天朗了，山润了。我徜徉在山花丛中，流连忘返，忘了来时路。其实，我曾经抱怨过这里的贫瘠，懊恼过自己的选择，更加向往山外精彩的世界。但是，当真的离开这片山林，走出大山，迈进都市的时候，却发现这片净土已经是我今生走不出的风景，我是如此地与她割舍不断——因为，我的青春在这里走过。

淡淡的乡愁，袭上心头。醉眼蒙眬中，落下泪来。这时，俄罗斯诗人阿波罗·尼古拉耶维奇·迈科夫好像正站在对面的白桦树下，为我吟诵他的《春》的诗句：“最后的泪，包含着往日的痛苦：最初的诗，孕育着另一种幸福。”

梦回故里，又见山花红，醒来已是清晨。阳光照在墙上的油画小品上，那正是大兴安岭初春的景色。我急切地拿起电话，告诉我山里的朋友：速速给我捎来几束达子香。花开之日，即使在城市钢铁的森林里，我依然觉得回到了故乡。

是的，山里的花开了，我的心融进了春天的山野咏叹里……

2015年4月　《中国铁路文艺》

兴安山水美如歌

这是一片绿色的净土。这里，地域辽阔，风光旖旎，水草丰美，松涛激荡；这里，民族众多，文物珍稀。风土人情各具特色，山珍野馐回味无穷；四季变幻，千姿百媚；林密涧深，又是野生动物的天然博物馆。走进这不曾被污染的绿色王国，置身于如诗如歌的旋律之中，你定然会不饮自醉，醉情于内蒙古大兴安岭的山水之间。

五月，正是岭上的初春。山里的春天总是姗姗来迟，可却行色匆匆。昨天，还是草枯木瘦，一夜春风吹来，便天朗、山润、草绿、花红了。林中的布谷鸟，声声催春，一切生命都从严寒的桎梏中解放出来，开始萌发、复苏。

这里的杜鹃花，当地人俗称达紫香，因她先开于万花之首，又美称报春花。不管是岭上的雪，还是河里的冰，只要达紫香一开，人们就觉得山里的春天真正来到了。

四百里兴安，山花烂漫，如火如荼，映红了天际。如果您赶上五月飘

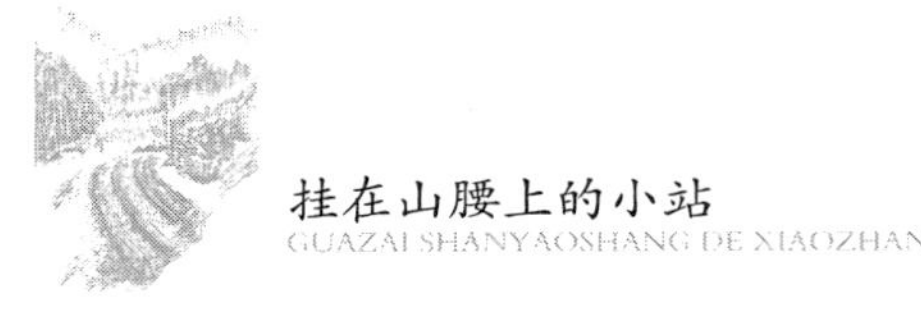

雪，但见雪落枝头，那花依然如火焰般燃烧，妩媚妖娆之景色，似入仙境。这时候，您沿着如毡一般铺满了茵茵小草的山路，走进白桦林的花丛之中，人在花丛下，花映人更俏。深吸一口空气，好香啊！花香、树香、草香，整个森林都弥漫着温馨的气息，甜丝丝地直入五脏六腑。举目望天，苍穹如洗，不见纤尘，寥廓、空灵、深邃、遥远，有山鹰在头顶上盘旋，更显博大而壮阔。当居住在城市的人们抱怨环境污染严重，天空混沌，一年不见几个朗日的时候，生活在大兴安岭的人们却得天之厚泽，在宁静、超然中享受这份大自然赐给的福分了。

林区的开发不足百年，可这里历史文化的积淀却已有1 500多年的历史了。鄂伦春自治旗所在地、阿里河镇西北20公里的悬崖断壁上就有一处北魏皇帝拓跋氏先祖的鲜卑“旧墟石室”，当地民族叫它“嘎仙洞”。公元443年，（北魏太平真君四年）李敞到此祭祖，石刻祝文，依稀可辨。洞帘水滴石穿，地下石板竟成了一个石瓮，在此用水洗脸，定会给您带来好运。史学家、旅游观光客纷至沓来，寻古览胜，立于断壁之上，举目四望，沧海变桑田，换了人间，赏心悦目，心驰天外。

沿伊加线转至牙林线由此向北，就到了中国铁路网北部末端的第一站——满归站。以饲养驯鹿为主的鄂温克民族居住的敖鲁古雅鄂温克民族乡就藏于这里的密林深处，幽雅而寂静，正值盛夏，山外高温如火，让人无处躲藏，而这里的最高气温也只有25度左右，山风习习，凉爽宜人。山花摇曳着笑脸，好客的小鸟儿在林间带路、欢唱，参天大树，遮天蔽日，小溪流水，淙淙作响。走出钢浇铁铸的城市，走进幽雅、恬淡的圣地，远离了喧嚣和嘈杂，浮躁的心一下子像扔进了冷水里，凉爽了许多。白天，或逐鹿林间峡谷，或河边垂钓，怡然自得；夜晚，敖鲁古雅河畔点起堆堆篝火，和好客的鄂温克猎民同歌同舞；深夜，枕着松涛入梦，您又会神游在边关清月的山水之间。

大兴安岭西麓，额尔古纳河东南岸，便是额尔古纳市，这是祖国北部最边远的一个县级市。西部、西北部沿着额尔古纳河与俄罗斯隔河相望，边境线长667公里。两国边民在同一条河里洗衣、嬉戏。这里，牧场相连，无任何污染，奶制品很有名望，旅游业尚未启动，一旦开发，前景可观，富饶的边疆不再寂寞。

走进大兴安岭，您会感受到生活在这里的蒙、满、汉、鄂温克、鄂伦春、俄罗斯等20个民族大家庭融融的生活气息。您也会领略到月亮湾、鹿鸣山、嘎仙洞、黑山头古城址和那魂系断桥的凌云山庄，还有那额尔古纳河流域，成吉思汗统一蒙古草原、叱咤风云的古战场，那一个个充满了古朴、传奇色彩的名胜古迹。

大兴安岭真是物华天宝，既有以大兴安岭落叶松为主的地上生活资源，也有丰富的地下矿藏。当许多城市为水的短缺而敲响警钟的时候，大兴安岭的地下水资源却相当丰富。伊图里河铁路分局的“伊霸锶”矿泉水取自于地下150米岩层处，其充足的含锶量对治疗高血压、心脑血管疾病都有特殊疗效，成为国家“八一”足球俱乐部和国家女子藤球队的指定饮品，具有极强的保健作用，被当地人称为“圣水”或“仙水”。

森林内外生长着种类繁多的野生植物，有经济价值的就有500余种，其中药用植物200余种，现时采集利用的就有30余种。这里的野生植物有323种，其中鸟类就有267种，可谓是天然动物园。

山水灵性，草木有情，大自然给朴实勤劳的山里人无私的回报：猴头、蘑菇、金针菇、黑木耳……这些可都是地道的绿色食品。清朝慈禧太后设宴时，把猴头列为山珍海味之首，如今老百姓花上几元钱就能买上一斤鲜猴头吃。有种黄花叫金莲花，以其消炎、降压之功效备受青睐，晒干后，取一两朵放入杯中沏水，顿时会花开“绽放”，飘然水中，给你一份新奇，送您一缕山野的清香。听说，晒干后的金莲花在哈尔滨曾卖到105元一斤。

到了收获季节，野果飘香。牙格达、都柿、山丁子等十几个品种的山野果压弯了枝头，醉煞了山神。这些野生的浆果，皮嫩肉厚，质优品高，没有任何污染，含有维生素、有机酸、葡萄糖等多种有机成分，是酿造果酒、制作饮品的优质原料。

冬天的大兴安岭更是别具特色，扬扬大雪，如蝶纷飞。“山舞银蛇，原驰蜡象”，好一派北国风光！这时，正是木材采伐的黄金季节，面对寥廓空寂的山林，大喊一声“顺——山——倒——了！”三山五岭齐呼应，荡气回肠撼魂魄。

兴安胜境，山水如歌。旖旎的自然风光，古朴的民族特色，丰富的自然资源，蓬勃的企业活力和崭新的人文环境，吸引着国内外一批又一批文人墨客和旅游观光者。

1998年9月16日　《中国企业政工信息报》

伊图里河，这美丽的山城

朋友，你不是要到这里来吗？来吧！牙林线的景色，让你赏心悦目：大兴安岭里的山城——伊图里河的风光，实在是令人心醉。

来吧，踏上滨洲线上的列车，在林城牙克石换车北上，穿过牙林线上唯一的岭顶隧洞，走上七个小时，便可到达这里了。

这里有一条河，名字叫伊图里河，这座山城的名字就由此而来。它在大兴安岭北坡，像一条素洁的银练，缠绕着身旁的青山，伊图里河河水泛起粼粼银波，缓缓流动，时时发出婉转的歌声。那优美的旋律，牵动着山城铁路工人的心。

夏天，太阳从喀喇其山口升起，慢慢收拢起轻纱般的薄雾，层层山峦，便露出清秀的笑脸。这时，呈现在我们面前的是绿色的世界。苍翠的山峦长满郁郁葱葱的林木，山坡上的芳草，萋萋迷迷，连进城的小路也给遮掩起来了，满山盈谷的野花，招惹得蜂飞蝶舞，伊图里河这座小城，就置身于这座美丽的天然公园之中。

如果你秋天来这里，迎接你的将是一片金色，榆树变黄了，白杨变黄了，就连那娇柔的白桦，也挂满了金色的叶子，到处金光灿灿，耀眼夺目。等你转过头来，那又是一番景象了。金色的秋风，悄悄来到这里，把那边的枫叶吹红了，一团团，一簇簇，像山花，像火焰，连天空中的云彩都被映红了。

这时，森林深处到处是一串串的红豆：都市、牙格达，晶莹圆润，非常惹人喜爱，回到“城”里，你可见到各家各院的桦木障子上、柈子垛上，晒着一盘盘的黄花菜。如果你到谁家做客，山城的主人会盛情地邀请你吃上一顿山鸡炖蘑菇，还会搬出自家酿造的越橘酒，来招待你这位远方的客人。

如果你冬天来，看到的将是琼楼玉宇般的童话世界，远近的山峰，像波涛起伏的大海，此时，它就会拢成一条条奔腾起舞的银色巨龙。三九天，雪漫漫，风呼啸，气温骤然降到−50℃。于是，大雪封锁了线路，堵塞了门户，然而，这里的铁路工人却爬冰卧雪，用火一样的热情，战胜严寒的袭击，保证列车畅通。

这里还是珍禽异兽经常出没的地方。温顺的小鹿，善跑的獐狍，凶猛的“黑瞎子”，都经常出没在线路两侧的小河旁。根河工务段的工人去年三月炸死的一只“黑瞎子”，足有三百多斤重。这里是座天然宝库，最丰富的资源还是木材，增建伊图里河铁路分局，就是为了把它周围的七个卫星林业局采伐的木材源源外运。

伊图里河，是座有9 600多名铁路工人和家属的林区山城。在鳞次栉比的房屋中间有座壮观而又别致的建筑，那就是分局文化宫。它和青灰色机关大楼，金黄色家属住宅楼相映成趣。在山城中心，商店、公寓、夫妻楼等高大的建筑群，

构成了繁华的闹市，这边是机务段、车辆段、发电厂，那边是烟囱高耸，汽笛欢歌，好一派欢腾景象。

二十多年前，这里还是鄂温克人打猎落脚的地方。人们见到的是野兽的足迹，听到的是猎人的枪声。20世纪50年代中期，从朝鲜战场上凯旋的志愿军复员战士和第三铁路工程局的建设大军，浩浩荡荡开进大兴安岭，把铁路由库都尔，经岭南、岭顶，修向大山深处。伊图里河这座山城，就这样在时代车轮的轰鸣声中诞生了。1975年，这里成立了伊图里河分局。那时，分局机关在一座座绿色帐篷和一座座活动板房里指挥着七百公里线路的运输生产，取得了一千天无重大、大事故的优异成绩。

朋友，说到这里，你不觉得这座美丽而又年轻的山城令人神往吗？来吧，这里的主人在等待着你。

1983年11月1日　《前进列车报》

喊一声“牙林线”呦，我的故乡

为什么我的眼里常含满泪水，因为，我对这土地爱得深沉。

——艾青·《我爱这土地》

今天是一个伟大的日子，是一个生机勃发的日子，全世界的孩子们都在欢呼雀跃。而我的目光却穿越都市牵引着中国的呼伦贝尔，北纬52.4度，一个曾经叫作“伊图里河铁路分局”的地方。

那里是我的第二故乡，还有我长眠在此的爹娘。

那里冷啊，常年气温记录是−5℃；没有春秋，只有夏冬，而且夏天也不足两个月。

那里苦啊，“吃水用麻袋，开门用脚踹，五黄六月吃干菜，火车没有牛车快”，成为那里工作和生活最真实的写照。

那里没有霓虹灯，没有柏油路，没有歌舞厅，甚至没有孩子们可玩耍的操场。

两根冰冷的钢轨伴随着开拓者的脚步向纵深延展，穿越群山连着的群山，伴随着寂寞中的寂寞。

在40年前的今天，内蒙古大兴安岭寒地冻土带上，诞生了“伊图里河铁路分局”。雄性的火车拉响汽笛，惊醒了沉睡的群山，“牙林线上一派春光”。

寒地成为热土，贫瘠赋予力量。塔头地间，冰雪之上，全国铁路唯一的一个

帐篷分局，就这样在严寒冰锁中壮大成长。

爬大岭，擦铁道，多拉快跑；背石建站，建设家园，勤劳的人们用双手驱赶落后，用劳动的笑声温暖着荒凉。

种花，种菜，《高寒禁区有了菜园子》；繁荣文化，繁荣生活，《歌飘林海传友谊，舞曼兴安寄深情》。追求幸福的人们以苦为乐，脸上写满笑意，生活在高高的兴安岭上。

《静岭，九个男人的城市》，我领略奋斗者的风采；生活在《高寒禁区里的延安》，我感受着人与人的淳朴真诚；漫步在《林中一条道》上，我咏叹《伊图里河这美丽的山城》的沧桑巨变；当达子香盛开的时候，我聆听《挂在山腰上的小站》里布谷的歌唱；当《大红灯笼高高挂》起的日子，我尽享这不夜城风雪的弥漫；讲不完的《山里往事》，割舍不断我对第二故乡的向往。

今天，我再次打开《梦见山里花开时》的文集，放声吟唱《千天颂》的史诗。透过墨香，沿着那一行行文字搭建的云梯，走进牙林线，回忆那激情燃烧的岁月，品味大山的灵气和曾经的劳动，给予我人生的滋养。

“说我们土，土有什么不好，脚踏实地干事业；有人说我们野，野又有什么不当，敢想敢干敢实践，没人走过的路我们闯；有人说我们倔，倔又怎么样，没有奋斗，哪会尝到生活的甘甜，又怎能把胜利的喜悦分享？！”

这是山里人的性格，这就是伊铁人曾经的豪迈与永恒的力量——老牙林人啊，忠魂守在铁路旁，看车来车往。

这里是一片热土，积蓄着能量；这里是一株硕大的蒲公英，把成熟的种子带向四面八方；这里留下了一座座无形的路碑，镌刻在为之奋斗过的人们心上。伊图里河水日夜不息向东流淌，浩浩荡荡。

牙林线的山水有生命，有灵性，有良知。它们可以并充分作证：这里曾有过一场战斗，历经数十年；这里曾经有过一群操着不同口音的人，共同奋斗，甚至牺牲。当然，也曾有过辉煌。

2016年5月30日　写在伊铁分局成立40周年之际

山里，我曾住过的那个小院

家里的小院，还是那么干净，只是多了几分冷清，好像还长了几片野草。我似乎看见有人要推门进来，可是无论如何我也不能起来去阻挡他。于是，挣扎、呼喊，我哭了。妻子推醒我，原来是一场梦。

日有所思，夜有所梦。好久没有回那个山里小镇，也许真该回去看看了。

我在大兴安岭生活的25年时间里，有15年是在那个小院里度过的。上学读书、参加工作、娶妻生子，那是一段艰难却欢乐的时光，那是在我人生中镌刻下深深印痕的地方。

我家住的房子，盖在山坡上。一栋房是7户人家，我家是中间的一户。因为依山势而建，屋子的窗台和外面的土地一般高，等于整个房子是盖在半地下。常年雨水渗透，靠山坡的那面墙，特别是窗台下面，总是湿漉漉的，墙皮常常长满白毛或脱落下来。

受冻害影响，屋子很不保暖，就是把火墙、火炕烧得很热，过不了多大会儿还是觉得冷。晚上，窗户和门要焐上一个破旧的棉被，第二天被冻得拿不下来。

到了夏天还好，窗户外面，就是自家的菜园子。山里气温低，无霜期很短，除了种点豆角、土豆、白菜以外，其他的几乎只开花，不结果。

虽然不能推门见南山，但是起码可以抬头见绿色，有一种田园风光的农家味道。作为一个从垄沟里走出来的孩子，挑挑水、铲铲地、拔拔草，那就是我最大的快乐了。

房子盖得因地势、时间不同，院子的格局也就不同。有的房子门前是通开的行人过道，邻居之间没有障碍；有的则是独门独院，各家有各家的院落，一家一院一仓房，还有各自的厕所。我家就属于后者。

父亲闯关东，从山东老家出来几十年，也没有改变他勤劳理家和干净利索的性格。几乎天天都起得很早，但一天也闲不下来，把菜园子侍弄得井井有条，把院子整治得利利索索。

父亲从外面把人家扔掉的半新不旧的砖头捡回来，从房门到大门，铺起了一个十几米长的甬道，两边还用不太宽的木条镶起来，看上去，笔直、工整，特讲究。雨水过后，我常常站在门前，欣赏这甬道，好像不亚于现在明星们走过的红毯。

邻居之间是用那些长短不齐的破旧木板、朽木隔起来的，缝隙很大，其实什么也挡不住，也没有必要去挡，只是界限的一个标志而已。邻里之间说话唠嗑、互相送点吃的都不耽误；鸡来刨食，孩子们打闹，经常是钻来钻去，没人介意。

院子很大，可以养鸡鸭，可以种花种菜，也可以什么都不种，任孩子们在院子里玩耍。这才是真正的“我的地盘我做主”。

夏天来了，父亲种得那些花开了。窗前是大朵的“大烟”花，院子的一角是一种叫作“扫帚梅”的花，红的、粉的、黄的，随风摇曳，很是鲜艳。还时不时冒出几株蒲公英，开着灿灿的黄花。甬道中间的砖缝里，冒出来许多小草，绿莹莹的，给这个小院短暂的夏天添了几分活力。

到了1985年的初秋，我的儿子出生了。这个本就生机盎然的小院，越发有生命力，笑声荡漾在其中。

让儿子最开心的当属冬天。山里的冬天来得很早，走得很晚，一年大概有8个月是在冰天雪地中度过。

雪很大，而且几乎是天天下。父亲总是早早地起床，把那条甬道清扫出来，等我们上班了，他和孙子守在家里。

星期天，我给儿子堆雪人。把一个破旧的柳条筐倒扣过来，堆上雪，再浇上几桶凉水，很快就成了一个雪人的雏形，然后再精雕细刻。雪人光着大大的脑袋，眉毛是用锅底的灰描上的，眼珠是黑色的跳棋，鼻子是半个青椒，嘴唇是薄薄的胡萝卜条，用红纸贴上一个脸蛋，脖子上还系着红领巾。

嘿，小家伙很精神。

儿子趴在窗户的玻璃上，用手暖出一个小洞，一个劲地喊着，要出去和那雪人一起玩。

当时，山里零下三四十度是很正常的。孩子哪里知道，外面是不好玩的。这雪人，只能看，不能和他一起玩。

过年了，小院最喜庆、吉祥的时候也就到了。我早早地从山里砍来一根笔直、挺拔，足有十几米高的松树干，立在院子里。上面挂满了五颜六色的旗帜，在寒风里招展。年三十上午，提前把大红灯笼高高挂起，夜晚照亮了整个院子，也把吉祥和喜气迎了进来。

家家如此，户户这般，这是山里的民俗，也是最亮丽的风景。据说，这民俗来自于一个民间传说，为了驱散山鬼妖魔，祈祷来年风调雨顺，一直延续至今，历久弥新。

小小的住房，不大的院落，是我整个的世界。

那里，有我少年的梦想，见证了我的艰辛跋涉与成长；那里，给了我刻骨铭

心的温暖，夏天，时常和父亲坐在小板凳上聊天、喝水、拉家常；那里，留下了我抹不去的哀痛，母亲从这个小院里走出去，住进医院，再也没有回来；那里，寄托了我对未来的希望，儿子的降生，让我有了生命的延续和永远的幸福。

那里有我的追求，我的志向，我的理想。在那小小的院落里，我思考着自己的命运，也品尝着幸福与艰辛。

20世纪80年代中期，我从那个小院搬进了楼房。如今，又走出大山18年了。我曾经住过的小院早已盖起楼房。但是，每次回到山里，我总是要到那里去转一转，五味杂陈袭上心头，难以说出是什么滋味。

小院消失了，但是，我永远会记得它的模样，怀念那看似简陋却很富足的日子，想起那一年四季都撒满的阳光。所以，长长的牵挂与永不泯灭的梦境也就正常了。

2015年1月20日　《黑龙江林业报》

大红灯笼高高挂

真是千年的缘分，我这个鲁西南大平原上长大的孩子，能和大山、大森林相拥相伴了27年。在20世纪的最后一年，我走进城市，开始了新的生活。但我仍然依恋那山、那树，那在冰封雪锁下挚爱生活的人们。还有那迎庆新年家家户户门前高高挂起的大红灯笼，成为我今生走不出的风景。

70年代初期，我们家住在牙林线上的一个叫三公里半的养路工区。工区里有十几户人家，只有我和被称作郑哥的两家住在铁道旁边。

这里很静，火车还没出山口，在屋子里就能听到顺着两根钢轨传来的轰鸣声，闷雷般从天边滚来，又转瞬而去。寂寞，让人难耐，从小镇上回来，就讲着那些司空见惯而又津津有味的见闻。

要过年了。两家的大人们开始张罗着办年货，并买回了一些花花绿绿的亮光纸、灯芯纸，说着笑着扎灯笼。那扎好的灯笼怎么说也不能算作是一件精美的工艺品。可当除夕夜，万籁俱寂，只有这点点红光升上高空的时候，标志着新的一年又要开始的时代，它也就照亮了我的心。

其实，后来我发现，这高高挂起的大红灯笼，也并不仅是节日的专利，只要工区里来了电影放映队，铁路上有了什么新鲜事，老工长总是把大红灯笼高高地挂起来，附近林场、生产队、牧业点的大人孩子总是三三两两地赶过来。大红灯笼成了山里人约定俗成的信号，尽管它不是那么精美，却格外明亮。

后来，我们走进了小镇。镇上的人多，节日的气氛也浓。一进腊月，就有人

开始上山砍灯笼杆，笔挺挺的，直刺冬日。灯笼杆顶端挂上些五颜六色的彩纸，还有的系上了一个风车，原始，却很真实。除夕之夜，从山上望去，这里就是灯的世界、光的海洋。小小的院落，飘下柔柔雪花，大红灯笼徐徐升起，孩子们吼着、叫着，那热闹劲儿让爷爷、奶奶们，让天上的雪都笑成了花，轻轻柔柔地飘下来，洁白了大地——瑞雪兆丰年，又是好光景啊！

有人说，这小镇上最早的时候，只有一间猎人用的木刻楞。猎人常常是外出打猎，忘记来时路，便在门前的白桦树上挑起一盏松明子，看见它，就永远不会迷失方向。

灯笼升起来了，同时也升起了山里人对美好生活的向往。牵引着列车，艰难地爬上哈达岭的火车司机们回望一眼星海灿烂的家，精神抖擞，水满汽足，紧握闸把，一股豪情涌上心头，大吼一声，清脆的汽笛声在山谷里回响，小镇上用绽开的鞭炮欢呼又一个春天的到来。

走出大山，走出草原，走入五彩缤纷又令我迷乱的城市，但我心里总有那高高挂起的大红灯笼……

2001年1月1日　《哈尔滨铁道报》

山里的都柿熟了

列车一进牙林线，就见工区、小站陆续上来些拎着水桶、拿着面盆、背着桦皮篓和手拿带齿的小撮子的大人、孩子。一打听，他们是到山里采都柿的。

九月初，在一个只停留一分钟的小站，我采到了都柿醉秋的故事，畅饮了山里人家酿造的都柿酒，那甜蜜的酒歌一直在我的心里。

山雾还挂在树梢上，我就随站上的老张，拥入车厢里倾泻下来的人流，向林子里走去。

山峦起伏，雾霭迷蒙。走进散发着松脂清香的林子，威武的樟子松，柔情的白桦林，使我如梦如幻，仿佛进入了一个充满诗意的世界。

爬上山坡，树木有些稀疏，灌木衍生。我终于看到了成片的都柿秧——椭圆形的叶片挂着露珠，绿油油、亮晶晶的，很是惹人喜爱。

我轻轻举步，生怕惊醒了它们甜蜜的金秋之梦，打扰了这山神花木的灵气。

扒开枝叶，精心地用手一个一个地采摘着，又小心翼翼地把它放到桦皮桶里。这大山送给人们秋天的礼物着实丰盈。圆润的果实一串串，紫薇薇的，淡淡地挂着一层“霜”，这是成熟的标志。我禁不住有些垂涎，放入口中几粒，轻轻一含，果汁便溢出嘴角。啊，酸甜清香，余味绵绵，真个是如痴如醉。

采摘着都柿果，望着幽深的大森林。我在想，这苍茫幽深的林海，不也都寄托着人们的情怀，默默而又无私地奉献着自己吗？那些久居深山的伐木人，那些山里的孩子，在停车的那一分钟里，又让多少人得到它的恩惠。

“下山了——”我听到了老张的喊声。这声音，钻出树叶的缝隙，传出很远，在林子里回响。

风把山间的云彩吹散了，夕阳映照在金光四射的绿叶上。从林子里出来，走进老张那柈子垒墙、绿树成荫的小院。小憩片刻，大嫂就端上了香喷喷的炖鲜菇、炒木耳，老张搬出个大坛子，拿来两个大瓷碗。

“来得早不如来得巧。品品咱自然发酵的都柿酒。”说着，老张倒满了两大碗。

红宝石色，清澈透亮，酸甜适口，如饮醇酿一般。早就听说，都柿酒味美、醇香、无污染，是内蒙古的特产，驰名中外。今日一尝，真是名不虚传。

举杯把盏，老张这个憨厚的老铁路工人，脸上放出光彩，按捺不住心中的喜悦，如数家珍一般夸耀着——

近年来，小站热闹啦！刘晓庆来大兴安岭拍电影《北国红豆》，用海碗喝过他家的都柿酒。中铁文工团寒冬腊月来小站演出，他又搬出了系着红布条，准备过年喝的都柿酒。一些著名的词曲作家生茂、唐诃、梁上泉、那日松等到林区体验生活，坐在他家的炕头上，品尝着都柿酒，创作了许多美妙动听的歌……老张告诉我，他打算退休后，办个野果收购站，慢慢再办个酒作坊，让过往的行人都能喝到这天然饮料，回去广为宣传。

听着他的话，一股酣畅和激情流过全身。多好的山里人，他们酿造了浓意绵长的都柿酒，也酿造着幸福美好的生活。

月亮升上山顶。王洁实、谢莉斯演唱的歌曲在静静的山村里流淌……

远方的客人，
远方的朋友，
请饮一杯山果酒。
兴安岭的野果年年熟，
酿成美酒最可口。
饮一杯吉密斯，
饮一杯山樾橘，
会使你精神更抖擞。
……

1988年10月16日　《呼伦贝尔日报》

挂在山腰上的小站

6月的内蒙古大兴安岭，青山滴翠，山花遍野。撩开缥缈的云雾，挂在岭上的红瓦黄墙的小站一下子映入了我们的眼帘。

这岭，是无名岭；这站，叫岭北站。这个五等小站就坐落在海拔1 000多米的无名岭北坡上。

我们沿着一条羊肠小道，踩着山路，穿过草地，走近小站。眼前的景象令我们眼前一亮：小站变了，一切都变了！

当年四面透风的木站舍变成了二层小楼，当年黑乎乎的宿舍、锅炉房，今天窗明几净、亮亮堂堂。窗含松枝，花映旅人，红砖铺地像被水冲洗过一样，把这山里的小站打扮得“青春洋溢”。

这里，一年无霜期只有42天，每年9月份下雪是平常事。我们来的前几天，天上还飘过雪花。

岭北站的11名职工，清一色都是男人，年龄最大的58岁，时间最长的在小站已经工作了8年。11条汉子一个家，他们用心把小站营造得像家一样和谐温馨。

拆卸下来的玻璃门窗派上了用场，建起了种菜的暖房。山上没有土，他们就你一掬、我一捧地把土带到山上来。茄子、辣椒、小白菜长势良好，“高寒禁区”也有了菜园子。时值中午，休班的值班员范东林正在给当班的伙计做饭：山野菜炖排骨、蕨菜蘸酱，还有一条大鲤鱼，伙食真不错。

厨房里，电烤炉、电热壶一应俱全。拉开冰柜一看，里面鸡鸭鱼肉堆得满满的。储藏间里，根河车务段供应的豆油、大米、白面应有尽有。新添置的豆浆机利用率最高，小站职工每天早餐都能喝上一杯新榨的豆浆。值班副站长王宝富告诉我们："如今，即使大雪封山、大雨断道，也饿不着我们！"

楼上楼下，窗明几净。休息室、走廊、值班室都是定置化管理：被褥见棱见角，就连牙具袋都一字排开。王宝富说，那是他们的嫂子、站长张宝良的妻子昝桂荣一针一线亲手织出来的。

说起嫂子昝桂荣，那可是站上的常客，几乎每个月都从山下上来一趟，帮助搞卫生、拆洗被褥、做饭、腌菜。去年段里刚开始搞标准站建设，男人们忙不过来，家属们都来了。晚上没有地方住，她们就搭地铺；吃的不够，就自己带。昝桂荣整整一个月没有下山。段里来验收，一次通过。段长感动了，当场决定奖励昝桂荣1 000元。她却用这钱给大伙改善了伙食。

小站有故事，小站无事故。在每个人更衣柜的左上角，都镶嵌着全家福照片，上面写着妻子、儿女的安全寄语。值班员杜国良的儿子杜康对爸爸说："我懂得的安全就是你平安回家，我和妈妈看着你的笑脸。"

冬天，大雪封山，两山夹一沟，大雪把线路掩埋。他们就趟着没膝深的大雪到山口人工引导机车，死看死守，确保畅通。

“千变化、万变化，发生根本变化的还是人。”这是我们在根河车务段听到的一句话。

环境好了，人也精神了，职工们个个情绪饱满，工作时手指眼看口呼，声音洪亮。

站长张国良没有在家。他的女儿公派到美国留学，段里特批他和妻子一起到天津去送女儿。我们用电话向他祝贺，问他今后有什么打算。他嘿嘿一笑，说道：“我的家就在岭北，这辈子哪也不去了！”

告别岭北，我们回味着刻在小站候车室门上的对联：岭高，风霜雨雪伴和谐小站；心齐，安全畅通我乐在其中。这不正是小站人的真实写照吗？！

编　后

这岭，是无名岭；这站，叫岭北站。岭北站就像是一个家，家中只有11条汉子。一般只有男人的家，日子总过得不那么舒心，可他们却能把家中的大小事情安排得井井有条，日子也过得和谐温馨。突破了“高寒禁区”，克服了艰苦条件，11条汉子一条心，在默默守护中确保了线路的安全畅通。

2009年7月15日　《工人日报》

山的那一边

在山的那边的那边，风雪蹂躏的皱纹里有座小木屋。

这里无水、无尘，几乎是与世隔绝的深山林子。

橘红的夕照里，收工的男人们回头望望两条钻进石砬子里的轨道，那是一只不见尾的“长梯”。

他们喜欢看那长梯。一节铁道，一根枕木都浸润过他们的汗水。男人们更喜欢看“玉龙”脊梁上的太阳。

如果没有太阳，该是多么单调和苍凉。

实打实地他们是一帮养路工。一生下来就在母亲的怀抱里，喝山泉水长大，根扎在石缝里。这银花玉树、萧萧涛声，这与人魂相伴的厚厚积雪，实在是没有什么粉装玉砌、仙山琼阁之感。

他们纯净。纯净得像崖上滴下的山泉水。他们的长辈，有的已经长眠在岭上，忠魂与“S”形盘山道相伴，守护着这座让雪深埋的小木屋。

他们知道，铁道部长，京都来的电影演员，报社的记者，都没忘了这小木屋，都是经过这里平平安安地进山出山的。

“没有这帮哥们儿修路养路，你能飞过去吗？”他们自豪地说道。

有了这山这林，这两条轨道，才有了这座小木屋，才有了这钢筋骨骼、汩汩流动的血脉。

说不清是哪一天，小木屋来了一个穿猩红色滑雪衫、皮革牛仔裤，脚蹬长筒靴的女人。秀发披肩，涂了红唇，背着画板。

于是，他们知道了省城有流光溢彩的冰灯、冰景。人在其中，像入了一座迷宫。那雪、那冰不像山里的这样没个色彩，连外国人也都用它做起了什么玩意。他们尽力想象着，那些男人、女人、孩子们怎样在拥挤的人群中穿行，透过柔软的白雪观看着明亮的橱窗。

男人们不安了。“他们不是光秃秃来去无牵挂的人。”何尝不钟情人生，何尝不希望生活充满色彩。

小木屋变了。男人们不再痴情那橘红色的夕照，不再吐着烟圈，闷乎乎地发呆。半桶雪水，倒满了那插着达紫香的罐头瓶，花蕾含苞待放。娇贵的君子兰挑起了花朵，那根扎在用朽木挖出的“圆木筒式”的“花盆”里。

小木屋前，雪山、玉树，脱颖得像冰清玉洁的女人。一支柳哨，呼唤着那温存的小鹿，去衔那窗里生长的绿叶。

这冰景，实在是算不上栩栩如生的艺术品，也没有彩灯的装点。绿是行、红是止，铁道线上只能有直挺的信号机立在这冷漠的世界里。

静静的一尊雕像。小木屋向在它面前匆匆而过的旅人讲述着一个久远而年轻的故事。

男人的心里升起了一轮太阳。

于是，雪夜不再沉默。那个天使般的少女带来的一首《酒神曲》在这山林的皱褶里回旋。

不过，他们喜欢那歌，不喜欢那酒。还是山里的酒香，山里的酒纯净。男人们喝得解渴，喝得爽神。这时，他们有了困惑，有了眼泪，对那白毛风掩过的前途而茫然，想到了外面的世界，想到了那冰景、那人群。

冰雪雕塑着山之魂。粗犷、强悍的舞蹈摇撼着空寂辽远的雪野。心中的年轮驶过低谷，奋斗者的欢乐，衬托出一代边陲儿女的风流。

山的那边的那边，有许多这样的小木屋，有翻腾、奔突的暖流，等着你用一颗心、一份真情去阅读、去领略……

1989年1月24日　《人民铁道》报

老同学，你好吗
——写在伊铁中76届同学毕业40年之际

时间过得真快啊！又是一年的6月，
可是这个6月，转眼间过去了40年。
那年，也是这个季节，也是6月的一天：
我们毕业了——
时光如流水，
弹指一挥间，
我的老同学，
现在，你好吗？

一

老同学，
你还记得咱们毕业那天的情景吗？
我们没有照相机，什么也没有，
所以，只留下今天忧伤的回忆。
其实，很多同学早就提前“毕业”了，
并有了自己稳定的工作。
只是我们这些没有出路的孩子还耗在课堂，
让自己再多长一岁，让家长的压力再缓解几天。

那一天啊，我们冲出了教室。
天，好像并不晴朗，
被撕碎了的课本和作业的纸片纷纷飘落，
撒满了校园，铺满了灰土飞扬的走廊。

我们欢呼，我们跳跃，
我们不知道去了哪里，
用知识的失败来欢呼自己的胜利。

我把那张白底红字的手写毕业证看了又看，
走出校门，突然失去了方向，
至今想起来还会觉得害怕。
那是一个个断了线的风筝，
没有了牵挂，也失去了方向。
茫茫林海，路在何方；
白云悠悠，愁绪长长。

二

世上的路再难也得走，
伊图里河水始终向东方。
带着茫然，带着忐忑，
带着怅惘，当然也带着希望，
我们就这样上路了。
傻乎乎地风雨兼程，
懵懵懂懂地开始了新的人生，
再回首，
泪两行。

老同学，
你老了，我也老了。
我们出生在那个年代，
那样一个遥远的地方，
在不同的小路上经历着大家相同的沧桑。
文化底子薄，我们缺少生存的后劲，
上山下乡，没有学到一技之长。
失学　就业，
失业　下岗，
打工　流浪，
东奔　西忙，
就像一叶扁舟在一次次的风浪中漂泊。
为了生活　为了发展，
为了儿女　为了晚年，
我们忍辱负重，背井离乡。
离开了家乡，离开了牵挂的爹娘，
一路奔走四方，
任凭山高水长。
岁月的刻刀啊，无情地在你我的脸上留下了深深的印痕，
青春就这样在艰难的跋涉中划过。

还好　我们还活着，
还好　我们还健康，
可是，我们怎能忘了那些令我们今生难以忘记的事情。
还有我们曾经的同学，
他们有的走了，
走得太早，太匆忙。

那一年，伊同学去世，挽联上写着：同学不死。
我们把捐款留给了他刚刚上学的孩子。
今天，这孩子早已成为母亲了吧，
她是否还把当年那个殷红色的存折带在身上？

那一年，我把李同学送上去商丘的火车，
每迈上一个台阶都是气喘吁吁。
从此，他再也没有回来，
魂归故里，你在家乡可安详？

那一年，张同学在鹤城病逝，
同学们赶到了那里，
在凄清的殡仪馆里，
我们送他人生的最后一程。

是啊，
自古人生谁无死，
雄才从来多磨难。
只是我们经历的太多，
即使是山鹰也会折断翅膀。
酸甜苦辣苦在先，
岁月峥嵘多蹉跎。
四季风雨一路随，
几人唱响毕业歌。

三

今天，我要感谢那片山水，
我的第二故乡。
我要感谢我的学校，
那些有着大学问的师长。
我要感谢那个艰苦的年代，
给了我们走路的姿态和坚韧的品格。

老同学相聚总是在问：
你还认识我吗？
我说：这些并不重要，
或许我们从来就没有谋过面，
或许我们毕业后再也没有联络，
或许你和他之间儿时还有些隔阂，
或许你现在的内心还有世俗作怪，
这些真的都不重要。
因为，那时我们年轻，
不仅不懂爱情，
而且不懂得珍惜。
如今，我们渐渐老了，
留下的都是美好。

“伊铁中七六届同学”多么响亮的番号，
如一面旗帜，
似一把号角，
就像当年把我们集合在大操场上。

老同学，你还记得吗？
我们在母校的两次同学会，
找回了青春，
找回了同桌。
红色的歌声响彻在家乡的天空，
老师的嘱托牢记在心上。
见面时，两行热泪。
分手时，热泪两行。

我们老了吗？真的老了。
仿佛只有泪水才是我们最好的表达和内心的释放。
于是，我们珍惜每一次相会，
相会在草原，
相会在国门，
相会在鹤城，
相会在海滨，
相会在每一个有“伊铁中七六届同学”的人群，
相会在我们一切所有想相聚的地方。

道边的小酒馆里，
有我们几个人的盛会。
孩子们结婚，
就是我们这些家长们的节日。
同学从远方来，
我们喝的天昏地暗，
即使是相隔千山万水，

朋友圈就是我们海阔天空的课堂。
二两小酒哪能容下我们的情怀，
要的是《鸿雁》高歌，不醉不归，
说不完小时候的故事呦，
唠不完上学时的磕。
打几句嘴仗是为了开心，
讲一点私密是弥补回忆。
山前　山后　十八户，
窑地　金河　新帐房。
以前觉得司空见惯，
今天听起来如此亲切。
让每一次相聚都当成分手，
让缤纷的礼花把我们儿时的梦想托上天空。

四

时间过得真快啊，又是一年的6月。
可是这个6月，转眼间已经过去了40年。

那年，也是这个季节，
也是这个6月，
山里的花开了 漫山遍野，
山里的蝴蝶在飞 漫山遍野，
山里的每一棵小草树木都散发着清香 漫山遍野。
青山依旧在，
游子已远方。
我们的学校在哪里？
我们的课堂在哪里？

我们熟悉的胡同在哪里？
我们精神的家园在哪里？
问山 问岭 问河流，
敬天 敬地 敬山神。
物是人非已过去，
故乡只在我心中。

毕业40年了，
老同学，你好吗？
你现在在哪里？
你的病好了吗？
你还在外地打工吗？
你的社保有人给交吗？
父母还需要照顾吗？
你的孩子们的生活都有着落了吗？

经过风雨，期待见到彩虹；
曾经的付出，成为今生的美丽。
放慢脚步吧，
坐下来歇歇，
想着山里的那些事，
陪我们慢慢变老。

毕业40年了，14 600天，
我的老同学啊，
今晚，我们天各一方。
向着北纬52.4度，

向着我们的家乡，
斟满一杯酒吧，
祈祷幸福安康。
问一声老同学，
现在，你好吗？
老同学，你好吗？

2016年6月

青年养路工如是说

一提起养路工，有人就像见了黑瞎子似的。好像养路工生来一个模样：外表像枕木傻大黑粗；性格像道钉，直不愣通；两手老茧，满身“山味”。

真让人难过。我们没有得到更多人、甚至是同龄人的理解。前几天，工区又来了几个新“道钉”。一下车都耷拉个脑袋。听说，有的人还拿着一纸调令在家“待业”。我看了《前进列车报》上发表的一篇几百字的小说《养路工的形象》，真为我们酷似“光夫”的大哥伤心。他模样挺帅，可那位“幸子”画家只把他当作塑造工程师形象的模特，叫人心酸楚楚的。

遗憾吗？有点。年纪轻轻的，整天钻山沟，抱着捣固机“跳舞”，“把青春都埋在这里了”。见不着灯红酒绿，看个电影都是有数的。冬天想吃冰棍，只好在水里放点白糖，到水泥台上“自然加工”。三伏天上道干活，只能痛痛快快干两缸子或半饭盒神爷送来的“山泉牌啤酒”。有时我们碰上别扭事，也发牢骚；哪个哥们儿和对象“拜拜”了，也洒过男儿泪。

可又一想，没啥！人来到世上，总该留下点什么。哪段铁路没人修能行？这活总得有人来干。南疆的同龄人流血牺牲，是为了“幸福十亿人”，我们在这儿吃点苦，寂寞点，值得！

“爱美之心，人皆有之”。不过，时代新潮流我们是引领不了啦！

这个排球场，原来是片塔头地，是我们哥儿几个突击平的。这下面的砂石、河流石是我们起早贪黑从河里一筐筐背来的。这“五彩花”是我们起的名，这花籽来自四面八方。

噢，晚上，您就可以欣赏我们的钢轨、道钉、茶缸、脸盆交响曲，也可以学学我们的“线路迪斯科”了。

说了，您别见笑。我们中间文化水平也真有低的。搞个对象，人家净让我们“把画圈的字查查字典。”我们不自卑，天天晚上也上“夜大”。一遍遍默写《技规》，敲道钉、搞传花技术等比赛，还办了个《小草》的墙报。我们学点东西，是真心实意，不是为了捞文凭。

世俗的偏见不能一下子消除。再说，养路这个工种也真是辛苦，还有我们自身的不足。姑娘们不把我们列为重点目标，甚至是吹灯拔蜡，也有道理。我们不苛求，也不责备别人。

您别误会，我们不需要同情，也不抱怨命运。我们需要的是理解，是以心比心。请君饭后茶余，在闹市里和妻子、儿女走向舞厅、剧场的时候，想到大山深处还有这么一帮“傻大黑粗”的哥们儿，我们就面对南山抱拳致谢了……

1988年7月14日　《人民铁道》报

嫂子，借你一双小手

嫂子，借你一双小手，给我们驱赶严寒。风雪弥漫的线路上，再没了荒凉和孤寂。

嫂子是从省城来的。纤纤的手要拉着大哥往外走。大哥破皮帽子一甩，围着火炉子抽了一夜的旱烟。嫂子哭得两眼像冰溜溜，木刻楞里的灯光在山里亮到天明。

大雪把山砬子里的那段线路又给封了。大哥带着我们哥们几个呼呼地去铲雪。不知咋的，我心里特别想看到嫂子的那双小手。

嫂子又哭了。铁桶炉子前，柈子咝咝地冒着蓝烟，一只手缠裹在那块手帕里。她哪里懂山里冬天的说道，湿着手到大雪天里拎水桶，火辣辣地扯下一块皮。

大哥心疼，埋怨她咋不用雪搓一搓。

那天夜里，天嘎巴嘎巴地冷。风把树梢和电线杆子抽得“嗷嗷”直叫。黑瞎子就在后山头的林子里叫着。巡道员跑回来说，山砬子里的钢轨冻裂了。

完活了。哥几个晃晃悠悠地走出砬子口，只见一轮橘黄色的光晕挂在工区。嫂子往铁桶炉子里填着柈子，火苗舔着那双小手，映红了她达紫香般的脸庞。大水壶哗哗开着，水泡跳在铁桶上咝咝直响。

扒下一身“盔甲”，抹一把眉毛胡子上的水珠珠，灌上一碗姜汤，暖暖的火炕上我梦见了嫂子的那双小手。

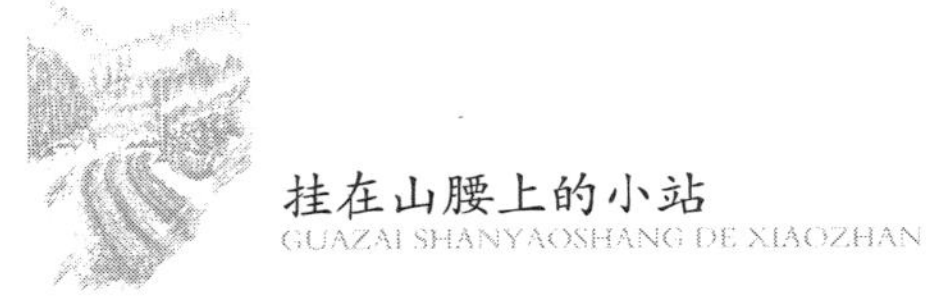

嫂子别看不像有咱山里人的那般子豪气，可也有山里人的犟劲。她留下来了。听说，家里人把电话打到段里让她离开这里，嫂子没理那事，家里和她再没了来往。

嫂子的那双小手真巧。一夜不合眼，把大哥给她买的那领毡子偷偷拿出来给我们做鞋垫。剪呀裁的，山里没有缝纫机，一针一线地缝上布面，七个人的鞋垫也真够她做的。大哥劝她慢慢做，她说："寒从脚底起。"小伙子们都是光棍汉，病趴下了工区的冬运竞赛不"打狼"咋的?

嫂子的手打过大哥。工区安全生产四千天，喝点酒乐和乐和。茶杯、缸子、饭盒、大海碗，不和谐的交响曲，南腔北调的歌唱。要知道，只是我们这个"九人的城市"的盛大节日啊！大哥有些醉意，唱着"妹妹你大胆地往前走……"跳起了线路迪斯科。嫂子来啦，"啪——"把大哥手中的碗打到地下。"喝、喝——前几天车站上出的事还小啊！"哥们儿消停了，嫂子眼里涌出两行泪珠。

工区无事故，工区无故事。车来车往，顺顺溜溜。局里来人挂上了一块亮闪闪的牌匾——"安全生产标兵工区"。大哥领回奖状，嫂子披红戴花进省城，咱这山旮旯里的养路工区还在报纸上露了面。

山里的风抽打得嫂子的一双小手不再纤嫩。我们这些光棍汉们也都有了"金凤凰"。可不知咋的，我们还念着嫂子的那双小手……

1992年12月5日　《哈尔滨铁道报》

哥们儿，万岁

你小子，一点也不会“装”。提起你的弟兄们，你眉飞色舞；说起你的媳妇来，你说“俊着哪！”站在房中间，一顿海侃，把冰冷的林场招待所的房间搅得热乎乎的。

你，走了。风风火火地抓起棉帽子，拎着衣服，说要到车站去看看。你讲得那人，那事，还有那山里人的实诚劲儿，让书文、昌旭我们哥仨儿和衣而睡，夜不成寐。

“红日高照蒙克山，高高山上一小站。五月端阳雪未化，八月中旬雪封山。”蒙克山，大兴安岭之巅，严寒笼罩。不见红日高照，这嘎巴嘎巴的大冷天却让我们领教了。

哥儿几个手里都捧着一个热茶杯，又无拘无束地唠扯起来。

“我的弟兄们，个个都潇洒。可这个地方，最大的是个林场。有好衣服没地方穿，穿了给谁看。我说：‘咱们一休班，回家好好美美。’”

“外面的世界很精彩。我们心里也不好受，最大的39岁，最小的才19岁。搞个对象，都得靠别人介绍。”

“我请他们的对象来蒙克山看看。告诉她们：‘我们的小伙差啥呀，好好爱吧！’”

你说得让人动情。说真的，我没有乐起来，你也没有乐起来。

门开了，面前矗立着一个铁塔似的小伙儿。头上冒着热气，呼呼地直喘。这

个站上的扳道员，兼16名独身的伙食长，24岁很能干，还处了一个在外地念中专的女朋友。

你告诉我，刚结婚的一个小伙今天早上回来了，晚上要乐和乐和。这是咱蒙克山站的大喜事。很遗憾，我们要继续前行采访，没能喝上这醉人的喜酒。

我问你，常年在小站上“混”，媳妇没啥想法？

“我那‘老伴’，好着哪！”你呀，三十岁就叫“老伴”，而且还叫得很亲热。

1991年塔河发大水，你在朝晖当站长。弟兄们轮休回去了，你在站上打了半个月的连班。听说家里的火墙、火炕都泡倒了。老伴来电话，你告诉她：“缝个

米袋子装二三十斤米，把钱袋缝到衣服上，把我们姑娘抱上山，你就立功了。”

“我回来了，她们娘俩没地方住。两个袋子，孩子都保住了。你说：‘你真能干。’她哭了。哭得我跑到院子里站着。”

调车长的母亲在塔河病逝，正在为送终的料板上愁。你和货运主任坐了几个小时的汽车给送到。弟兄们搬家，你求神拜佛给他们筹备烧柴、绊子。

你说：“我蒙克山小站的职工，一个赛一个。提职先在本站提。两个年轻的值班员个个像样。”

调车长韩学礼的妻子来电话，火墙烧树皮给烧鼓了。他回家呆了一天，火墙还冒烟，就忙忙乎乎回到站上。他妻子来电话催。你说：“如果没特殊情况，她不会来电话。咱平常欠人家的太多了，关键的时候再不顶上，就更麻烦啦！”

在这大兴安岭的制高点上，在这风大、雪大的四等小站上，在承担着塔河林业局林材发送量最繁忙的关口中，在高寒禁区艰难困苦的条件下，你和你的弟兄们，生产指标全完成，安全生产无事故。

快两年了，你感谢你的弟兄们对你这个“主持”的维护，你想着，惦记着你当过站长的那两个小站的哥们儿，你动情地讲述着锦州运校毕业的货物主任在抢运补欠中，冒着零下48摄氏度的寒流袭击把手冻伤的故事。你绘声绘色地描述着弟兄们点着蜡烛侃大山的故事。

不知啥时候，你从什么地方，拿出了你“老伴”、女儿来蒙克山站过年时和弟兄们的几张留影。

看着几张照片，我无言以对。我取出途中别人送给我的影集，要送给你。你却急了，执意不肯收。

“你不会影响路风，你一定收下！”

你把照片一张张地放进去，擦了又擦，看了又看，把眼睛投向严寒笼罩下的高高耸立的蒙克山山门。

刘生喜啊，刘生喜，蒙克山的第18任站长，四名共产党员的小组长，我走近了你，认识了你。

打开影集的扉页，我提笔写下——

“哥们儿，万岁！”

1994年2月26日 《哈尔滨铁道报》

山里那段废弃的铁路

这是山里一段废弃的铁路，从远方蜿蜒而来，穿过隧道，又继续伸进雪野里，直到消失在远方。

隧道不长，视线穿过洞口，能清晰地看到对面的景色。我走进隧道，洞口处的钢轨在冬阳下闪着亮光，还没有那种锈蚀斑驳的迹象。隧道里的风很大，卷着雪花迎面扑来，我赶快拉紧了风雪帽。脚下石砟的撞击声金属般回响，深深地击打着我的心灵，催促着我的脚步，穿越这时光隧道，阅读它的前世今生——

这里是中东铁路西部干线上最大的建筑工程——大兴安岭隧道和盘旋而行的铁路线群。其主隧道位于滨洲线516公里262米处，出口洞壁上“1901-1903”的数字清晰可见，证明它是随着中东铁路的开通而贯通的。如今，已逾百年。

这里重峦叠嶂，峰岭相依，铁路只有形成螺旋状，绕山而行后才能进入兴安岭隧道，故在修建螺旋展线和兴安岭隧道的同时还凿筑了几个子隧道和连环隧道。我所走的这个隧道，当时称之为“兴安岭石头瓮道”，当地人称之“小洞子”。

随着铁路建设的长足发展，为最大限度地提高运输效率，2007年滨洲铁路改线取直，螺旋状的线路完成了它的使命，退出了历史舞台。随后，当地政府将这个人类工业奇迹完整地保留了下来，成为今天的“蒸汽时代”主题公园。

走出隧道，别有洞天。四周群山连绵，铁路环线盘绕。头顶之上，是如洗的蓝天与飞过的鸟儿，脚下是茫茫的雪野和摇荡的枯草。

我们走进了高岗处的几栋俄式木刻楞建筑，尽管已经是残损破旧，但当年的风貌仍依稀可见。

“扑棱棱——”几只鸽子飞上屋顶。屋檐下，长长的冰溜子挂在那里，晶莹剔透。

我坐在用旧枕木搭起的台阶上，身后是已缺损了房门的俄式老屋，眼前望向山谷里的“天井”下，是废弃的中东铁路，矗立的日伪碉堡，还有苏联人、德国人、日本人留下的建筑、工事及中国的铁路建筑和设施。

我凝望着、沉思着，思绪穿越时空，想象着这里曾经发生或传说的一切：苏联女工程师沙力娃因担心隧道设计会出问题，第二天不能如期开通，便于前夜自寻短见。第二天，隧道贯通了，而且分毫不差，员工们欢呼雀跃；天真的孩子们穿着布拉吉、光着脚在这里追逐嬉戏，可设计者却再也不能和她的父亲一起，坐在这异国他乡品茶读书，谈笑风生了。

这里既有传说，也记录着罪证。苏联单方面把中东铁路卖给了日本掌控的伪满洲政府，滨洲线成为日本侵略者的运输线，修筑工事，构建自己的生活与防御区。那碉堡上四周黑洞洞的射击口，如今像一只黑洞洞的大眼睛在审视着什么，又似在传递着什么。掠夺、战争、和平在这有限的空间里更迭交织着……鸽子的哨音，唤醒了我的沉思：战争的硝烟已经散去，但是历史却从不会被忘记!

迎着新中国的曙光，铁路回到了中国人民怀抱。一代又一代的劳动者、守卫者在兴安岭隧道群中的新南沟站、沙力站、兴安岭站区贡献了青春，甚至是生命。

兴安岭隧道上原来有个新南沟养路工区，出了个全国劳动模范张巨福。他巡道30年，最少走了6个半万里长征，从未发生过一件事故。退休后，他的儿子、侄子接过他的道钉锤、巡检兜，成了新一代岭上铁路养护人。

隧道前方的高岗上，曾经是部队的营房，如今已经封存。我们扒开积雪覆盖的一块石头，上面刻着“走向哨位，就是走向战场”的字样，暗灰色的碉堡上“永远忠于毛主席”“永远忠于党”的白色字迹依稀可见。

我们沿着用旧钢轨和枕木搭成的“天梯”，从谷底登上山腰。眺望铁路环线在群山峻岭中穿行，我多么想再次出现这样的场景：蒸汽机车水满气足、喷云吐雾，呼啸而来；汽笛声声，震荡山谷；车辆隆隆，排山倒海。那是一种何等的气魄与震撼啊!

岭上的达子香花开花落，冰雪几度消融。从中东铁路、伪满铁路、中长铁路到人民铁路，百余年过去了。“天井”之下，隧道之上，昨天和今天，历史与现实在这几乎与世隔绝盘旋而上的循环线群之间浓缩、凝结、汇聚。是啊，在山里有着无数条因完成了使命而被废弃的铁路，今天触摸它们，仍能感受到它们的温度。铁路被废弃了，但是故事还在继续……

2016年3月16日　《人民铁道》报

路 碑

这里曾是内蒙古大兴安岭腹地牙林线上的一个养路工区，与不断向大山深处挺进的铁路相生相伴。工区嵌在深山里，窗含松枝门泊雾，黄墙红瓦，十几户人家。

工区傍着线路，几根旧枕木搭成的小桥，一排木刻楞房子。把头的一间是学校，大山是学校的围墙，操场是山里的旷野。一截钢轨挂在门前的树杈上，老师敲钢轨的声音，就是孩子们上下课的铃声。教室里，木板桌子，树墩凳子，三个年级，七个学生，一个老师。老师领着孩子们把一段段朽木掏制成花盆，埋下一粒粒种子。

春天来了，花开了，阳光照进教室，孩子们的笑脸如山花般灿烂。

有了铁路，才有了这铁路的驿站。小小的驿站，就是山里的“城市”，空谷、莽林、旷野从此不再寂寞。那群日夜与钢轨、枕木、道钉打交道的男子汉们把道钉锤打得山响。还有那些开着火车的司机们，每当驶到这里，总是大开气门，鸣一声汽笛，牵一列木龙，水满汽足地冲向通往山外的高坡大岭。

工区的女人们很勤快。山里的无霜期最长只有几个月，常常是大雪封门，没水没电，吃青菜更是一种奢望。患难与共的年月里，女人的勤劳无疑是男人们的幸福。她们在房前屋后，开荒种地，种些只能生长的土豆、白菜，还有只开花不结果的向日葵。夏天，采野菜，养鸡鸭；秋天，上山采蘑菇，钻进河套里采牙格达、稠李子等野果，拿到山那边的小镇上云卖，换回些零钱，给孩子们交学费。春夏秋冬，一年四季，女人们总是忙个不停，日子倒是过得有滋有味，无怨无

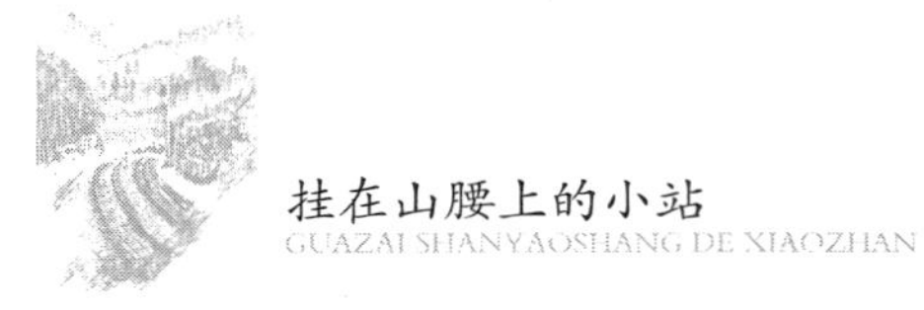

悔。她们就是认准了一个理儿，不能让男人的工作在段里“打狼”。她们时常坐在门前的小板凳上，有说有笑地唠着那些高兴的事、难心的事，说到伤心处掉几滴眼泪，骂几句“死鬼”，又哈哈大笑起来。

工区实现安全生产1 000天，铁道报的记者来采访，问她们最大的愿望是什么？她们想了半天说，哪一天男人们的工作不忙了，也坐一回打门前过的火车，到外面扯两块好看的花布，给大人孩子做两件过年的新衣服。听着，让人直抹眼泪。

男人们无牵无挂全身心地交给了这几十公里的线路。老工长参加完路局的劳模大会就要回来了，工区的大人孩子们像过年一样高兴。从山外开来的火车刚一进山口，孩子们就欢呼雀跃起来。老工长领回来了一张大红奖状，孩子们簇拥着，给他献上了山里的达紫香。老工长眼里含着泪花，是啊，这几十公里的线路，每一根枕木、每一颗道钉，甚至每一粒石砟都浸透了他们的汗水。上道干活时，他们喝得是草甸子上的水，啃得是高粱米面的馒头和玉米面的饼子，吃的是卜留克咸菜。特别是冬天，山里零下四十多摄氏度的严寒，上道一干就是一天，把他们都塑成了一个个雪人、冰人。从线路上回来，他们被汗水浸透的后背像是背了一个重重的盔甲，把狗皮帽子往桌子上一扔，抹一把脸上的雪水，屋中间铁皮做的火炉里，新鲜的木头样子“吱吱——”地响着，红红的火苗映红了男子汉们古铜色的脸膛。望着墙上安全生产的日历，望着来来往往的列车和那窗口映出的笑脸，他们无比坦然。当年，刘少奇主席视察大兴安岭就是从这里经过的。每当提起这事，他们的脸上总是洋溢着光彩。有的老师傅退休了，有的长眠在这里。他们的儿子接过父亲手里的道钉锤、巡道兜，又守护着这段父辈们为之奉献了一生的线路。

后来，工区撤并了，退休的老工人说什么也不肯走。上边来人，三番五次地做工作，他们才含泪离开这永远属于他们心灵的家园。

又见一年春草绿，又是一度山花开。往日的驿站，如今已不复存在。可每当坐火车经过这里，我总是肃然起敬：这铁路沿线一个个小小的养路工区，不就是一座座路碑吗，见证并记录着人们安全的旅途。即使这些“路碑”如今大都荡然无存，但是，会永远镌刻在人们心里，成为温暖的驿站！

2016年8月　《中国铁路文艺》

倾听火车驶过山谷的回响

这是一个生命勃发的季节。我走出钢浇铁铸的都市丛林，在牙林线上倾听火车驶过山谷的回响。

因为，那里有我割舍不断的情结，听着火车的笛声，走过青春岁月。

1952年牙林（林城牙克石至林区）线开工建设，雄壮的火车拉响汽笛，惊醒了沉睡的群山。开发者的脚步，不断向林区腹地挺进。1975年6月1日，“伊图里河铁路分局”正式组建。“巍巍兴安岭，银装素裹迎朝阳；漫漫牙林线，汽笛高奏凯歌唱……”火车和汽笛的雄壮，宣示着山里铁路人的激情与豪迈、奋斗与牺牲。

那里很冷，常年气温在零下5℃。没有春秋，只有夏冬，属于夏天的时间也不足两个月；那里很苦，当地流传着这样一句顺口溜：“吃水用麻袋，开门用脚踹，五月六月吃干菜，火车没有牛车快”，这成为当时工作和生活条件最真实的写照；那里没有霓虹灯，没有柏油路，没有歌舞厅，甚至没有可供孩子们玩耍的操场。分局所在地从山上到山下的唯一一条泥土路，成为孩子们冬天最好的溜冰场。

两根冰冷的钢轨伴随着开拓者的脚步向纵深延展，穿越群山连着的群山，伴随着寂寞中的寂寞。

“看啊，一列列钢铁巨龙，车轮滚滚、磅礴向前；听啊，一声声高亢的汽笛，声荡群山，激越心弦……”寒地成为热土，贫瘠赋予力量。塔头地间，冰雪之上，全国铁路唯一的一个帐篷分局，就这样在严寒冰冻中壮大成长。

牙林线从林城牙克石一路向北，延伸至内蒙古大兴安岭腹地。穿过岭南、岭顶、岭北三个车站，随之还有哈达岭、静岭、上游岭等岭岭相连，素有“五岭十坡九十八道弯”之称。其中就在分局所在地对面的哈达岭最大坡道是26‰，火车爬大岭是“大车”们最头疼的事情，同时又是最壮观的一幕。

那才是真正的火车。敦厚的身躯，雄壮的气势，喷云吐雾，一路呼啸，长长的汽笛声把整个山谷震得颤抖。铁路分局的一位业余诗人这样形容它的气势：“双脚踹着地球转，水满气足我来了”。真是形象逼真，呼之欲出。那火车，真的勇猛。车头上堆着隆起的煤堆，炉膛里燃着熊熊烈火，司机手握闸把，大开气门；司炉挥汗如雨，不断往炉膛里投煤，给这“庞然大物”添着燃料。这火车的勇气和力量就来自这炽热的胸膛，全凭着这赤胆忠心，一腔烈火，才使这火车身负重载，爬坡前行。

不过，那火车真的好慢。到了冬天，就更慢了。钢轨上结了冰，装满木材的火车在山间的高坡大岭上更是“老牛拉破车”。就是拉几节原木，也得双机牵引。前边一个车头猛劲拽，后边一个车头使劲推，呼哧呼哧地喘着粗气，还是在钢轨上“打滑”，有时只好退回来，水满气足地再往上冲。实在不行，还要调来

补机支援。“伙计”们可就更遭罪了，只好在排障器上绑草袋子、往钢轨上撒沙子。所以分局总结了“六种精神”，其中之一，就是机务系统的“爬大岭擦铁道”精神。

1982年，铁路分局实现第一个安全生产1 000天，职工家属欢欣鼓舞。我在主创的大型诗朗诵《千天颂》里写道：“汽笛声声脆，车轮永向前，高歌一曲，唤醒群山……闯过哈达岭，谈笑凯歌还。”豪迈与浪漫激荡着我，端起大碗酒，深深地喝了一口。一年后，伊图里河机务段开始蒸汽向内燃转型，1986年全部实现了内燃化，蒸汽机车逐渐退出历史舞台，漫漫牙林线上再也看不到它的身影、听不到那高亢雄性的吼声了。

机车很憨厚，声音不悠扬，这正是山里人的性格。“有人说我们土，土有什么不好，脚踏实地干事业；有人说我们野，野又有什么不当，敢想敢干敢实践，没人走过的路我们闯；有人说我们倔，倔又怎么样，没有奋斗，哪会尝到生活的甘甜，又怎能把胜利的喜悦分享？！”今天，我又翻开那泛黄的油印纸，放声吟唱《千天颂》。沿着那一行行辨不清文字的“阶梯”，透过墨香，走进牙林线，回忆那激情燃烧的岁月，倾听火车驶过山谷的回响，感受曾经的豪迈与永恒的力量……

2016年8月 《中国铁路文艺》

第三辑　山水行囊

●阿诗玛，你在哪里

一秋走过四季

天赐良机，因分片参加会议，从9月16日到10月2日的十几天时间里，我从处于中国东极的同江市黑龙江主航道，辗转到了云贵高原上“玉龙雪山”的顶峰，因此，也就有了《七彩云南涂抹的记忆》。

同江市地处黑龙江省东部松花江与黑龙江两大名江交汇处南岸，素有“北疆明珠”之称。南起北纬45° 56′至48° 28′，西起东经129° 29′至135° 5′，海拔高度800米左右。云贵高原上的丽江市位于东经100° 25′北纬26° 86′，北连迪庆藏族自治州，海拔在2 400多米。玉龙雪山，海拔4 000~4 200米，年平均气温为11.3℃、最冷月平均气温3.0℃，最热月平均气温17℃。丽江玉龙雪山的年降雨量为1 000~1 200毫米，雨量主要集中在6~10月。

9月的三江平原，秋风乍凉，稻浪千重，滚滚而去，正是收获的季节。目之所及，灿烂辉煌，从脚下一直涌向天边。让南方来的同行叹为观止，常会停下车来拍照留念。

告别东北的建三江一路向西南，渐次登高，拾“阶”而上，却是满目葱茏、春的景色、四处花香，同样让我们这些北方佬羡慕不已。

从东北到西南，纵横近5 000公里，乘火车、坐汽车累计长达80多个小时，穿越了东北、华北、华中、湘西、西南等地区，途径东北三省、河北、山东、河南、江苏、湖南、贵州、云南等省辖区，一路斗志昂扬，心驰神往。

从东北到西南的十几天里，我感受了秋的收获，领略了夏的风光，欣赏了秋天里的春天，经受了零下几度的冬的考验；我看到了三江合一而一江秋水滚滚东去的壮观，也感叹山下一片春色、山上积雪云集的奇特；汽车在一马平川的三江平原上疾驰9个小时，心旷神怡；火车在崇山峻岭与隧道相连中穿梭了一天一夜，黑暗与光明时常让我们产生错觉……在云南的几天时间里，我真正体验了当地人流传的“天无三日晴、地无三尺平”的气候和地理环境。

不过还好——“东边太阳西边雨，道是无情却有情”！

告别街津口、佳木斯，昆明、石林、大理、丽江、玉龙雪山、束河古镇在盼望中迎面而来。

平原、丘陵、盆地、高原，渐渐迎来又一闪而过；

赫哲族、彝族、苗族、白族、纳西族，风情尽在眼前；

赫哲文化、萨满文化、东巴文化、藏汉文化，在心里融合；

“阿诗玛”和“阿黑哥”、“金花”和“阿鹏哥”、“胖金妹”和“胖金哥”，与我一路同行；

无疑，这是一次精神、体魄的挑战和对生命力的检验；是一次充满了好奇与神秘的旅行。这次旅行带给我的是一番神奇的风光和一次深刻的人生感悟……

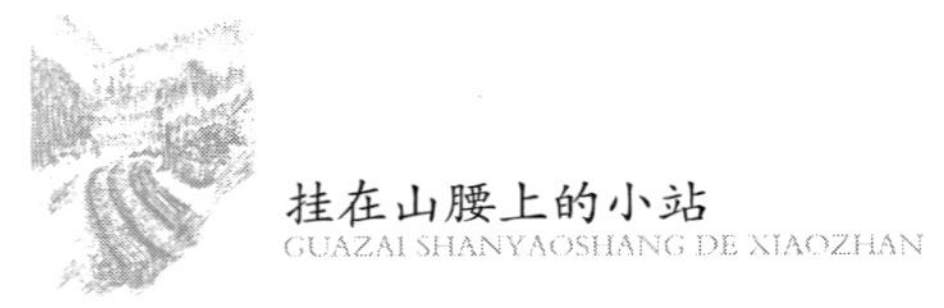

千年茶马古道上的世外天堂

在云南，真正留住我们脚步且撼动心魂的不是“阿诗玛”“金花”和纳西族的“胖金妹”，而是遗留在千年古道上那一个又一个独具高原特色的古城、古镇和小桥、流水、人家。

A

家家门前绕水流，户户屋后垂杨柳。

青山如黛爽心智，碧水潺潺荡凡尘。

大理、丽江古城和束河古镇的宁静久远与美轮美奂险些把我醉倒。

B

古城和古镇如此惊人地一样：青石铺路，流水潺潺，垂柳依依，依街傍巷，穿墙过院，横桥无数，居游如梦。

导游告诉我们，这样出城和进城都始终“顺水而行”，不会“逆流而动”。

C

古城论华丽，当是丽江了。一进古城门，就是一幅巨大的群雕，记载着茶马古道上中外各民族经济、文化、宗教交流的繁荣景象，被誉为纳西族的“清明上河图”。

水，是古城的灵魂，有了水，就有了古城的街和巷、房和屋。发源于城北象山脚下的玉泉河水分三股入城后，又分成无数支流，穿街绕巷，流布全城。上池饮用，中塘洗菜，下流漂衣，是纳西族先民智慧的象征。

街道不拘于工整而自由分布，主街傍水，小巷临渠，300多座古石桥与河水、绿树、古巷、古屋相依相映，极具高原水乡古树、小桥、流水、人家的美学意蕴，被誉为“东方威尼斯”“高原姑苏”。

如果只有清幽的水和曲径的街，没有冬暖夏凉的全木瓦屋，古城还不能叫古城。“三坊一照壁，四合五天井，走马转角楼”式的瓦屋楼房鳞次栉比，既突出结构布局，又追求雕绘装饰，外拙内秀，玲珑精巧，被中外建筑专家誉为“民居博物馆”。更值得一提的是，古城居民素来喜爱种植花木、培植盆景，使古城享有“丽郡从来喜植树，山城无处不飞花”的美誉。

丽江古城雨雾蒙蒙，店铺林林。屋檐下、柳树上，到处是串串的大红灯笼，倒影在水中，越发增添了几分古朴、几多神秘。

我打着雨伞，走在酒吧一条街上，走进一家“古城书屋”，坐在摆着笔墨的桌子前留影，身后挂着的条幅恰巧写的是“宁静致远”——真可谓字为心声！

D

古城最具原始态的还是束河古镇。马匹在街上走过，马粪的味道在镇中飘散，古朴的店面已是斑驳陆离，身着纳西族服饰的女人随处可见。

有的同事说，这里太原始了！我却对它情有独钟。

束河古镇，依山傍水，三山簇拥、三水萦绕，古街、古巷、古寺、古桥随处可见；八百多年的束河古镇，是纳西族先民最早的聚居地之一，是茶马古道重要的贸易驿站。

束河古镇，以其遗世独立的千古神韵，宁静在尘嚣之外。雪山田园老树，道不尽束河诗画；古道、清泉、人家，诉不尽束河风华。走进这个历史驻足的驿站，心灵和自然一起呼吸……

于是，我醉了！

绕着“青龙河”，我在“四方街”“烟柳路”“四方听音”广场等地留恋踱步，看纳西人悠闲地打着银器，听店铺里传出久远苍凉的歌声，以致我出现了幻觉：一队马匹正从远方走来，驼铃叮叮当当，歌声摇动高原，粗犷豪放。于是，小镇的人们像过节一样迎接远来的使者……

高原歌手亚东的歌声震撼着我，吸引着我走进一家音像店，买了一个他演唱的光碟——把一个高原带回家！

E

茶马古道是一个非常特殊的地域称谓，指存在于中国西南地区，以马帮为主要交通工具的民间国际商贸通道，是中国西南民族经济文化交流的走廊，是一条世界上自然风光最壮观，文化最为神秘的旅游精品线路，它蕴藏着开发不尽的文化遗产。

茶马古道分川藏、滇藏两路。我们今天走的就是滇藏茶马古道。大约形成于公元六世纪后期，它南起云南茶叶主产区思茅、普洱，中间经过大理白族自治州和丽江地区、香格里拉进入西藏，直达拉萨。

行走在光滑的青石板上，像当年马匹经过的清脆的马蹄声，在古城和古镇上回响。在几千年前古人开创的茶马古道上，成群结队的马帮身影不见了，清脆悠扬的驼铃声远去了，远古飘来的茶草香气消散了。然而，镌刻在茶马古道上的先人足迹和马蹄印痕以及对远古千丝万缕的记忆，却化成了生生不息的灵魂。

于是，我的内心正发出强烈的呼唤。

阿诗玛，你在哪里

“认识”阿诗玛，还是在孩提时代的电影上。历史的足音渐渐远去，而记忆的底片却越发清晰。在走向云贵高原的那一刻起，我们便迫不及待地要“见”到阿诗玛……

进入石林，天正在下雨。时下时停的雨未能阻挡我们寻找阿诗玛的脚步。

对于石林，没有感到陌生，身临其境，有的只是不尽地惊叹！

这真是大自然鬼斧神工的一部杰作啊！每一块石头仿佛都是凝固的诗，每一句诗，都像这石头挺拔了千年，石与诗就是这样亲密地融合在一起。以其或清秀，或雄浑，或安然，或突兀的姿态巍然屹立在天地之间，经受着千百年的雨雪风霜、电闪雷鸣，守望着人世间的悲欢离合、沧海桑田，不愧是“世界喀斯特的精华，中国阿诗玛的故乡”。

石林的石，没有给人以尖刻、冰冷的感觉。它附会着美丽撒尼女子的动人故事，阳刚深处，糅合了许多的阴美气韵，成为世人眼里的一道女性化风景。尽管雨水流在我们的脸颊、打湿了我们的衣裳，依然感到暖融融的。

我们在惊叹中穿越着、观赏着、感慨着、想象着。

走出大石林，导游告诉我们：“就要见到阿诗玛了。”

在石林，我们见到了许多装扮得像阿诗玛的姑娘，还听到了关于阿诗玛的有趣习俗：这里的彝族姑娘都叫阿诗玛，小伙都叫阿黑哥。

如果还没有结婚，阿诗玛头上戴的帽子就会有代表美丽蝴蝶的四只角。而这里的男性有三种称呼：阿黑哥、阿白哥、阿花哥。不管你是什么哥，只要摸了阿诗玛头上的角，就必须留在姑娘家做劳工。如果阿诗玛满意了，而且不愿意走，那么就可以成为正式的“老公”了。

终于“见”到了阿诗玛：在小石林内，有一泓湖水碧波粼粼。湖畔屹立着一座独立的石峰，这就是著名的阿诗玛石峰。

颀长高挑的身段，风姿绰约的动人体态，还有那包头衫，身后的背篓，多么像一位彝族少女！

雨还在下，而且下得很大，很多人冒雨留念。我只好站在房檐下凝望着那石峰。

我怎么看，她都不像阿诗玛；“我从远方来寻她，请你们告诉我，阿诗玛，她在哪方？”当年电影里的一首插曲，竟成为了我今天的困惑和疑问。

是的，她不是阿诗玛。一切美丽、善良、纯洁、自由、勇敢、正直、智慧的美好的东西永远是让人追寻不尽的。

很多美好的东西，拥在怀里真的不如刻在心里。

蝴蝶泉边找金花

苍山下、洱海边，就是蝴蝶泉了。50年前拍摄的电影《五朵金花》让她走出大理，走出云南，名扬中外。

天依旧在下雨，我们脚步匆匆。公园里，竹林繁茂，绿荫遮天，水滴落在花上，花儿格外妩媚。怀着一种美好的向往，呼吸着清新的空气，我们走曲径，过回廊，顺阶而下，终于到了“蝴蝶泉”。

蝴蝶泉已经失去当年印象中的美好。泉边的那棵大树依旧健在，只是更加苍老，而且上面长满了青苔。蝴蝶泉用石头紧紧箍了起来，失去了它当年的那份质朴。蝴蝶泉里没有泉了，在与它相隔很近的石墙里有水喷出，落在下面的石坑里。有人争相在那里洗手、洗脸。据说，用这里的水洗一洗，就会像金花一样年轻美丽。

驻足蝴蝶泉边，我搜寻着记忆中的一切，想象着金花们的爱情与生活、阳光与欢笑。

“大理三月好风光哎，蝴蝶泉边好梳妆；蝴蝶泉边采花蜜呦，阿妹梳妆为哪桩？……橄榄好吃回味甜， 打开青苔喝山泉， 山盟海誓先莫讲， 相会待明年。明年花开蝴蝶飞， 阿哥有心再来会， 苍山脚下找金花， 金花是阿妹……”

在那遥远的地方，爱情都会变得清澈。能歌善舞的民族是不羞于绽放的，就像片中所说的苍山下洱海边的山茶花一样，满载着山水间的饱满热情，灼灼地开放！人在歌唱的时候，心也在歌唱；人在舞蹈的时候，心也在舞蹈。她们胸中

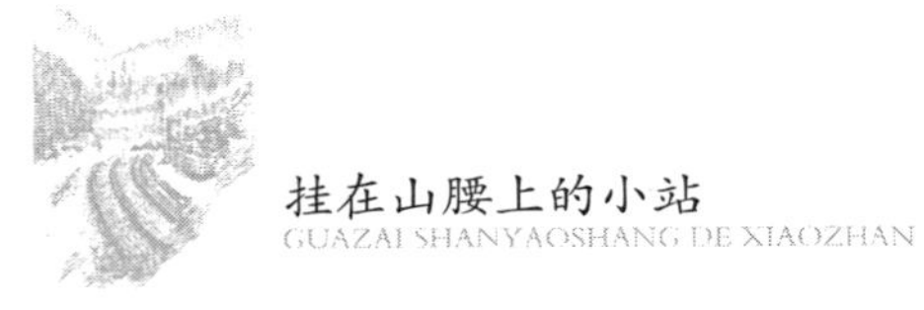

的快乐与哀愁都携带着信仰。

望着这一池泉水，我有所感慨：一部电影、一个人物，把一方水土名扬四海，只有文化的传播才是最廉价且最广泛的传播。云南人，尤其是大理人，首先应该感谢杨丽坤女士。这个一生中只主演过《阿诗玛》和《五朵金花》两部电影的姑娘，却在中国亿万观众心中留下了不可磨灭的印象。两部电影给杨丽坤带来了莫大的荣誉，却也造成了她一生的悲剧。

陪同我们的云南同行告诉我，为了纪念这个白族女儿，2001年1月15日，杨丽坤的一半骨灰被送回云南安葬在昆明金宝山艺术园林。阔别故乡20余年的“阿诗玛”重新踏上了云南这片热土。当天，云南各界群众万人泣别“阿诗玛”，场面相当感人。

金花们的欢笑已经随风飘去，人生嘈杂充斥于耳。

我们已经不介意现在的蝴蝶泉是什么样子了，正像我们原谅其他地方的人文景观一样，来了看了，了却了心愿，还有什么祈求吗?

在蝴蝶泉边，我没有找到“金花”，“金花”却和我一同回家……

在蝴蝶泉边，我没有见到一只蝴蝶。在白云乡的一个店铺里，买回了一个用蝴蝶标本制作的精美艺术品。大理的蝴蝶飞进了我的家……

下关风，上关花，苍山雪，洱海月……在大理《五朵金花》的故乡，风花雪月让我们赏心悦目。

玉龙雪山，我生命的旗帜

玉龙雪山是纳西族人心中的神山。唐朝南昭国异牟寻时代，南诏国主异牟寻封岳拜山，曾封赠玉龙雪山为北岳，至今白沙村北北岳庙尚存，仍然庭院幽深，佛面生辉。拜山朝圣者不绝于途。

——当地的广告

一

从丽江到玉龙雪山脚下，只有15公里的行程。其实，一脚踏进丽江坝子，我们已经扑进雪山的怀抱。

到了玉龙雪山，天还是在下雨。雪山被云雾笼罩着，好像一个新娘蒙着头盖，不知她是羞、是喜，还是淡淡的忧伤。

山脚下，寒气袭人。即使穿上租来的羽绒服还是感到冷飕飕的。每个人都穿上一件红色的羽绒服，多股的游客在这里聚合，浩浩荡荡，向山上进发。

二

我们坐索道缆车缓缓而上。能见度有限，开始看到的只是脚下的云雾和朦胧的山、树、石。突然，眼前一亮，太阳照射在远方的山上，闪出一片晶莹剔透的雪白，让我们豁然开朗……

玉龙雪山，当地人又叫它“黑白山”，主要是由黑色和白色两种石头构成，以黑色山石为主，白色突兀而起，呈积雪堆积状。如果不是导游告诉我们，还真的要被它所“蒙骗”。

玉龙雪山大索道全长3 000米，垂直高度1 000余米，号称是全国最长最高的索道。雪山上大索道就是扇子陡景区，是玉龙雪山的主峰。这里的风景以冰川为主，索道起点海拔高度是3 356米，终点海拔高度是4 506米。

下了缆车，云雾渐渐散去。站在4 500米处的平台极目远眺，连绵的雪山伸向蓝天的尽头，蓝天一尘不染，仿佛用手轻轻一指就能触摸到美丽的天堂。在这远离尘世的雪域，呼吸着无比清新的空气，感受着宁静与纯洁，顿时感到心旷神怡。

这是一个好兆头。雨雪纷飞中，突然金光闪现，多是吉祥、好运的兆头啊！

丽江大东巴在此为我的“通关文牒”上签字。东巴文字我们不认识，翻译的汉字是：行万里路，费尽移山心力到达本土，凭此牒众神鉴证，玉龙护佑，此后一生关口畅行无疑，合家健康平安，四季吉祥。

我郑重在上面签字，甚至有些激动。即使花10块钱，值了！

三

从海拔4 500米处起步，我们沿着厚厚的木板铺成的栈道拾级而上，向海拔4 680米处的高峰攀登。

如果在陆地，走上几分钟、十几分钟，乃至几十分钟都不会有太大的反应，而在从4 500米到4 680米只有180多米、几十个台阶，但是，每走几个台阶就必须原地休息，调整呼吸。有的人手拿氧气筒还是气喘吁吁，有的人因缺氧蜷缩在那里很是痛苦，有的人实在坚持不住就开始回撤。

我是虔诚的，更是认真的。平生第一次登上这样的高度。我想通过这次攀登，用雪山验证我的生命体征。

我一路谈笑风生，时而高喊：“同志们加油”，时而放声歌唱，一抒情怀。偶有小小不适，做适度调整后又躬身前行。

靠着栈道护栏，我极目远望：玉龙雪山气势磅礴，秀丽挺拔，造型玲珑，皎洁如晶莹的玉石，灿烂如十三把利剑，在碧蓝天幕的映衬下，像一条银色的玉龙在作永恒的飞舞，气宇轩昂。

玉龙雪山同样又是多情的女神。时而云蒸雾涌，玉龙乍隐乍现。时而碧天如水，万里无云，具有“白雪无古今，乾坤失晓昏”的光辉。刚才还是云雾遮掩，瞬间玉容外露，继而雨雪飞来，那熠熠发光的雪山依然静谧而安详，显得那么深不可测和不可逆转，一种神圣的感觉油然而生。

有一种冲动鼓荡在胸，有一种豪情万丈奔放。我索性脱掉羽绒服、脱掉外衣，只穿一件衬衫站在寒风里拍照。雪山之上，舍我其谁，豪情与冰川之剑一起刺向苍穹。

终于到了栈道铺就的终点4 680米处。一块约30平方米大小的平台上，五星红旗迎风猎猎，人头攒动。平台离峰顶之近，似乎举手可得那堆积的冰雪。

不到10分钟，手脚已经冻麻了，我和几个并不认识的游客放声唱起了“雪山啊，霞光万丈，雅鲁藏布江，放声歌唱……”，那歌声很快被寒风吹散，激发更多的人奋力攀登。

四

在一截栈道的木板下，我的眼前突然一亮。乱石之上，有一小块淡淡的青苔，一株蒲公英居然还活着。不知道什么原因，它在人们脚下的缝隙里弯着腰，没有傲然看着游客，而依然顽强地活着。

我趴在那木板上，利用仅有的空间，把这顽强的生命以拍照的形式定格在这一瞬间。

我感动了，险些要流泪。

多少人为生命抗争，而在抗争中倒下，演绎着悲壮与无奈。

“山，是神圣的；人，永远不可能征服山。只是山给了你一个机会，让你在攀登中认识自然，认识自己，认识生命”。

玉龙雪山，让我认识了自己。

我为生命欢呼、为自己欢呼！

民族文化描绘七彩云之南

在云南，我们只是匆匆过客。每到一地最多走三四个小时，少则几十分钟，真的是浮光掠影了。

不仅时间有限，我们所走的路线也有限，只是云南多条旅游线一条的中西北线。即使是这样，云南多民族的文化积淀和现实光影仍然时时激活我们的记忆中枢，在心灵的底片上刻下了深深的印迹。

丽江黄昏时分，我们坐在“周八”家（当地有名的老餐馆）木屋围成的院落里。墙上陈旧发黄的老照片，南腔北调的观光客，年迈的纳西族老人和在院落木桌上写着汉字的孩子，暖融融地交汇成一个画面：历史、现在和未来在这里融汇、交合、光鲜。

导游“胖金妹”告诉我们：纳西、彝、傈僳、白、普米、傣、藏、回、壮、苗等民族，使丽江境内少数民族占了人口总数的57%还多，让少数民族与明朝以前进驻丽江的汉族文化大融汇，分别创建了古城、古乐、壁画及“情死”“走婚”“睡着恋爱”等异彩纷呈的灿烂文化。因此，丽江也就有了文化、自然、记忆三大“世界遗产”的桂冠。

这是一块海纳百川的土地，是一邦具有开放胸怀的民族。在丽江城门“丽江清明上河图”的浮雕上，在束河古镇的“四方听音”广场，在闻名于世的扎染小镇，在东巴万神园……我们无不感到各民族文化大融合、大交汇、大发扬的魅力与光彩。

到了东巴万神园，天气有些阴沉。我们虽然是过客，但还是对这里产生了好奇。边走边看，边看边听，让心灵受到了一次洗礼。

纳西族的东巴们有一幅3.5米长的《神路图》，以直幅连环画的形式，由低到高描绘了从地狱到人间再到天堂的种种景观，历历万生之像。每逢到追祭亡灵时，要展开《神路图》，念经将亡灵超度到天堂和祖先居住之地，却苦于舒展不开。纳西族的东巴们在做各种祭祀时，需要用水泥、面、木、板等材料，制作各种泥偶、面偶、木雕、木牌画刻绘的神鬼像，却也苦于难得的保存。东巴万神园将《神路图》做成6米宽、240米长的雕塑，对着雪山铺地一放，又在左右两域雕刻了神、鬼等各种木雕，解决了东巴们祭祀时的苦恼。

《神路图》两侧，大都是木雕、木刻的神像。一侧大都慈眉善目，另一侧则是面目狰狞。人鬼之分，善恶之别，生与死形成鲜明对比。

以坚硬的石头营造一个东巴神灵的世界，不是东巴王国的唯一目的。因为，东巴们实际上是生活在百姓之间的。这不，《神路图》西南缓坡上的十多个纳西古老的老木楞房院落里，一个个活生生展示的，正是纳西族衣、食、住、行、乐的各种精彩往昔和现实。

我们走在其中，好像走在远古。

从远古走来，从雪山走来，从中原走来，从历史文化的深处走来，在这高原上形成了既有共性又有个性的民族文化。

远古就在眼前，现实却离我们很远。

青石路上，马蹄声脆。蝴蝶泉边，满目清新。崇圣寺香火缭绕，苍山洱海彰显风花雪月。从昆明石林到大理，从大理到丽江，再到玉龙雪山，无论走在古城小镇，还是穿越驿站村寨，我们一直走在名胜古迹和秀丽独特的人文景观里。

七彩云之南，流淌着民族文化的韵律，真正的魅力是文化的魅力。

疑似天上人间

我不信佛，也不信神。名刹古寺去过一些，各路神仙大都见过。但是，只有在云贵高原上的大理、丽江、玉龙雪山，我才真正觉得那些古刹、名寺、庙宇、图腾、神像和经幡格外神秘和神奇。

天还在下雨，我们来到崇圣寺。这里依山傍水，峰峦叠翠，环境清幽，流光溢彩，宁静致远，真不愧为“灵鹫胜地”。

据介绍，云南宗教云集，佛教、伊斯兰教、基督教、道教、天主教、东巴教、本主崇拜等分布云南各地。崇圣寺融合了“禅宗”“密宗”特点，集大乘佛教、大理阿吒力佛教、藏传佛教为一体，与国家AAAA级景区三塔公园珠联璧合，重现古代“皇家园寺”辉煌，鳞次栉比，气势磅礴，成为闻名中外的佛教文化魅点。

“佛都”增辉，光耀苍洱。一千多年前这里就是地方政权“南诏国”“大理国”的“皇家园寺”和佛教活动的中心。崇圣寺所崇之“圣”为观音。当时，大理地区对观音崇拜极为盛行。

穿殿堂，过寺院，拾阶而上，渐次登高。佛祖们也是讲辈分的，德高望重的当然要高高在上了。我在“功德箱”里捐了款，祷告慈眉善目的观音菩萨普济众生。

站在最高处的“大雄宝殿”前举目远望，人随云动，云移寺转，天上人间，飘飘欲仙。

2004年重新规划修缮了。规划布局以保护三塔为核心，源于历史，超越历史，集唐、宋、元、明、清历代建筑特色之精华，按主次三轴线，八台九进十一层次进行规划建设。整个建筑、彩绘、雕塑风格与寺内清新秀丽的绿化美化，灿烂耀眼的灯光艺术相融合，营造出崇圣寺浓厚、庄严的佛教氛围，堪称现代佛教寺院的典范。

走出寺院，我们走近了大理三塔。三塔背靠苍山，面临洱海，一大二小三座佛塔互为鼎足，浑然一体。远远望去，卓然挺秀，俊逸不凡，历时两千多年，依然这般风韵。

大地震没有将它撼动，不愧有“钟镇佛都”的美誉。同行中有人说，汶川大地震时烟囱都倒了，不要说这么高的塔了。

我们沉默无语，雨越下越大。

远离了尘世，远离了浮躁，远离了烦恼，灵魂好像在云天上行走。在崇圣寺，在东巴万神园，在玉龙雪山，在白沙乡客栈，在汽车经过的途中，随处可见经幡在风中飘扬，一页页经书、一串串风铃、一张张写满了心愿的祈福卡和一幅幅神像都强烈地震撼着我们的心灵。

生活是现实的，现实生活中的种种烦扰、痛苦、迷茫与失望常常困扰着我们，并拷问着我们的灵魂。

我们回到昆明。在市中心广场上，一些孩子在为一个患了白血病的同学搞募捐。我走过去，接过他们的传单看到，高三的一个同学病危，医疗费高昂，家庭陷入绝望。“请您献出一份爱心吧，尽您的一份力去挽救一个花季少女的生命，用你们的爱支持她渡过难关——昆十二中，初二七班全体同学——2008年9月28日”。学生的举动感动了我，我捐了一些钱。

带着祈愿的心情而来是为了摆脱世间的烦扰，而当我们走出寺院从天上再回到人间的时候，但愿恒久有一颗平常而又善良的心！

何日随云再向南

云南，一定与云有关。云是“南”的女儿，“南”是云的故乡。

在大理到丽江不到三天的时间里，天都是在下雨，我们看到蓝天白云的时间很是有限。转瞬之间，那悠悠白云总是或近或远、或聚或散地毫不吝啬地展示着她的魅力，给远方客人留下一个多情的云南，也给云之南披上了神秘的面纱。

云南雨水真是充沛。从昆明到石林、再到大理、丽江，一直到我们返程，这雨水时断时续就从来没有间断过。当地人有“十里不同天”的说法，我看他们是保守了。确切地说，“东边日出西边雨，道是无晴却有晴”为其更真实的写照。

正是这充盈的雨水滋养了一个透明、清澈、处处滴翠的高原。

云南之云，是有情的。列车在贵昆线上穿山越岭，偶尔露出一片天井让我们喜出望外，在这高远的上空一片白云挂在车窗外。很快，我通过手机把她“送”给了与我一路同行的远方朋友。

我们在昆明拜谒聂耳墓。阳光普照，满目清新。翠绿簇拥的七节音符中是聂耳的全身塑像，在阳光下格外庄严肃穆。

我们从大理通往丽江途中，天时阴时晴。但是，在接近丽江时，太阳瞬间出来，白云飘然而至，在雪山上游弋，广袖舒展地引领着我们在仙境里游走。

洁白的哈达，吉祥的预兆！

云南之云，是灵秀的。所到之处，白色好像总是充盈着我们的视野。“金花”和“阿鹏哥”们的装饰就是第一感官。村寨的建筑，大都以白色为主调，远远望去，很是醒目。更有扎染、刺绣、工艺画、客栈迎面壁上的书画，木屋上的工笔，处处给人以灵气。即使在当地出版的导游图上，大多景色都有白云衬托，可谓云之灵秀。

正是这种灵秀，所以有了“阿诗玛”、有了“五朵金花”，有了独具魅力的云南文化。她是一个代表，也是一个符号。云南纵有更多物产，我从丽江回来，带给朋友的却是一个白族姑娘的人偶。我觉得，把“金花”带回家，也就带回了一个云南。

云南之云，是空灵的。一次愉快而赏心悦目的旅程带给我们的不仅仅是身心的愉悦，更是绵长的回味。苏州园林素有“皇家园林”之称，推崇的是：无论游览者站在哪个点上，眼前总是一幅完美的图画。而此次云南之行我们移步换景，仿佛置身于仙境，岂是皇帝的心境所能比拟？

我生活的大东北，不乏见到蓝天白云。但是，我从来没有过这样的冲动与感觉。这里满目是水的清、街的幽、屋的古、人的闲、城的静，从浮躁与喧嚣中走出来，放慢匆匆的脚步，好像终于找到了心中的“香格里拉”。

于是，我在想：陈晓旭为什么到了天门洞，猛然顿悟，“天门大开”，认定那里就是她的归宿。在她的心中一定是早就有了一个属于自己的“自由王国”。

我不会遁入法门，但是，高原确实给了我一个空灵的心境。

云南之云，是多彩的。虽然我们一路伴雨同行，但那份陶醉与炫目的彩虹却时时在心里绽放：

高原火红的情怀，山寨丰收的景色，蝴蝶泉边的金花，四季如春的昆明，宁静致远的天上仙境……

多彩的云南，已经不是某些或全部色彩的意义，她是一幅写意的画像，是一部流畅的交响乐章，是从历史到现实薪火相传的记忆与符号。

我梦幻般地结束了云南之行。

今天，当我即将收笔《七彩云南涂抹的记忆》的时候，高原歌手亚东苍凉的歌声又在我的空间响起，把我带回到云贵高原。愉悦、怀念、期盼、等待，种种情愫再次涌入心底——

何日随云再向南，向南悠悠君相伴。

●好想和欧翁醉在亭

南京，南京

我和爱人都是第一次到南京，但是，我们对南京并不陌生，它给我们的记忆，是从“认识”南京长江大桥开始的。

我们开会和住宿的地方在江北浦口，那里是南京的老城区，现代化城市的味道还不太浓，每次从江北到江南乘汽车必须通过长江大桥。

第一次亲历长江大桥，我们极力搜寻儿时的记忆，工农兵雕塑、三面红旗，火车、汽车同时在江上通过。“一桥横跨南北，天堑变通途”，记忆并没有减退，只是已经没有当年心目中的雄伟和壮观。而且，往日的通途已成了今天的“梗阻”，本来从出发地到江南并不需要多少时间，但是，我们每次都要一个多小时。

大江东去，风物犹在，依旧会挺立在那个年代的那些人的心中。

南京的历史脚步是沉重的，今天看上去依旧有着深深的印记。

走进“总统府”，我们无疑打开了一部中国近代史书。上溯1853年到1949年，从天王府、“中华民国临时政府”到“总统府”，从洪秀全、孙中山到蒋介石，这里一直为军政要地，其人物显赫，令世人瞩目。孙中山先生的“天下为公”，只有在这里才能得到真切的理解。在“国务会议休息室”悬挂的“推心置腹”四个大字更是让我多生感慨。

“推心置腹”，寥寥数字，博大胸怀，谁人能做到？想想那些貌似“推心置腹”而最后让你“天翻地覆慨而慷”的事儿，觉得甚是有些滑稽。

早年我从影视上看，中国人民解放军占领南京，“总统府”门楼好像我们兖州城宽厚雄伟的城门，走近一看，不过是一堵墙的城门和侍卫门房而已。

今年，江南出现了历史上少有的秋寒，“总统府”庭院深深、凝重寒冷，让我们无心驻足。

“风雨下钟山”。第二天上午，我们走进一片翠绿，拜谒“中山陵”。拾阶而上，阳光普照，站在最高处往下看，紫烟缭绕、瑞气升腾，先生为自己真是选择了一块风水宝地。从航空拍摄图和解说中我们才注意到：中山陵像一座平卧在绿绒毯上的“自由钟”。山下孙中山先生铜像是钟的尖顶，半月形广场是钟顶圆弧，而陵墓顶端墓室的穹隆顶，就像一把溜圆的钟摆锤。

先生在时时提醒人们：天下为公！

江南是秀美的，而南京是沉重的。

11月1日，我们参观了“侵华日军南京大屠杀遇难同胞纪念馆”。阴沉的天气，黑褐色的建筑，使我这样一个一向把民族情感看得很重的人，心头感到了几分压抑。

中、英、日三种文字镌刻的一组黑色大字：“遇难者300000”，令人触目惊心；“警世钟亭”“兴华宝鼎”“《狂雪》诗墙”“历史桥梁”“残破城墙”“断裂的军刀”以及“遇难者头颅”、“断臂”和遗骨、母亲像雕塑、“遇难者名单墙”，无不让我们感到沉重，沉重的好像随时要窒息，我真想把那些大声喧哗或不以为然的年轻人从身边赶走。

这时，我对这样一句话又有了不同的理解：“记住历史，不要记住仇恨。”但是，看看身边的年轻人，不记住仇恨，怎能铭记历史？！

“忘记过去就意味背叛”，列宁早就提醒过我们。

在南京，个别人却把“仇恨”撒在了类似我们这些游客同胞的身上。

从纪念馆出来，我们到“夫子庙”时已近暮色。大家想买点纪念品给朋友带回去。在一个摊位前，我们为一条围巾看看质量、问问价格，商贩见我们不买，追赶出店铺，边说边骂，江南女子成了一介泼妇。小伙子们真想上去教训他一通，但一想大家都是文化人，没有和她一般见识。

这边刚刚平息，对面“战事”又起，陕西游客在和一个商贩理论。刚刚从纪念馆出来，心情难抑平静，敏感的神经看来不是牵动了一两个人，游客边走边感叹：南京啊，南京！

夜泊秦淮河

秦淮风光，以灯船最为著名。到南京，一定要去看看夜色下的秦淮河，否则，就等于没有来过。

秋雨绵绵，寒风瑟瑟，我们无心在夫子庙拥挤的人群中涌动。吃了几个热气腾腾的蟹黄灌汤包，我们便以还愿的心情，从夫子庙前顶着秋雨上了灯船。夜泊秦淮，逐水而上，寻访记忆中的古香古色的秦淮人家。

从南朝开始，秦淮河成为名门望族聚居之地。两岸酒家林立，浓酒笙歌，无数商船昼夜往来河上，许多歌女寄身其中，丝竹缥缈，轻歌曼舞，文人才子流连其间，佳人故事流传千古。

我知道秦淮河并向往其夜色美景，源自于朱自清先生的名篇《桨声灯影里的秦淮河》。现在，先生描述的那份胜景不复存在，浓烈的商业气息即使在蒙蒙秋雨下依旧是弥漫、充斥着。

灯船在内河里漂泊，我们随波而动。并非是灯火辉煌，偶有楼阁亭宇里泻出的灯光照在水面，平添了几分古香气。由于天下着雨，河面冷彻，游客很少，或有一船从身边游过，客人也是寥寥。我们极力想象当年文人墨客的闲情逸致，一扇窗里探出歌女，一袭白纱，端坐其中，丝竹飘过，难怪唐伯虎耐不住寂寞，过河而来，搞出些风流轶事。

从史料上看，秦淮河及夫子庙一带一直是文人墨客聚会的胜地，两岸的乌衣巷、朱雀桥、桃叶渡，还有《桃花扇》纷纷化作诗酒风流，千百年来传于后世。

明清两代，是十里秦淮的鼎盛时期，富贾云集，青楼林立，画舫凌波，成江南佳丽之地。明太祖朱元璋下令元宵节时在秦淮河上燃放小灯万盏，秦淮两岸，华灯灿烂，金粉楼台，鳞次栉比。吴承恩、唐伯虎、郑板桥、吴敬梓、翁同龢、张謇等均出于此。唐代诗人杜牧好像也是在这个季节来到这里，写下了《泊秦淮》："烟笼寒水月笼沙，夜泊秦淮近酒家，商女不知亡国恨，隔江犹唱后庭花。"

看来，我们是没有杜大人的那种境界了。连绵秋雨中，30分钟的游程，只是看看而已。来了自是为了闲情逸致，何必这般负担。但愿一壶黄酒或清茶摆在船上，天上月明星稀，两岸歌声缥缈，与友人共享那份闲情就知足了。

好想和欧翁醉在亭

在古代文学大家里，我是很崇拜苏轼、欧阳修的。当我读着欧阳修的《醉翁亭记》，就想“滁州”“琅琊”今在何方？“醉翁亭”尚可安在？很想有朝一日能与欧大师近距离接触一下，体味他的醉翁之意。

2009年冬日，有机会专程去了一趟滁州，到琅琊山拜访我崇拜的文学大家。

从南京到滁州不到两个小时路程，坐在车子里，我的眼前幻化出欧翁笔下醉翁亭四季美丽的画卷：“若夫日出而林霏开，云归而岩穴暝，晦明变化者，山间之朝暮也。野芳发而幽香，佳木秀而繁阴，风霜高洁，水落而石出者，山间之四时也。”

时令已是深秋，尽管江南气温还不算低，但是，琅琊山里已见草黄花谢、落叶簌簌了。

深山幽谷，古木掩映，白墙灰瓦，曲径通幽。闲静、恬淡、安逸，这是琅琊山给我的第一印象。

当时欧翁的理想不能实现，而在贬于滁州之后，却有了可喜的政绩。这对于奔波劳碌，疲惫不堪的欧阳修来说，是多么舒心惬意的享受啊！滁州百姓的安乐生活，给了他极大的抚慰，而眼前的山水，又把他引入了一个恬静的境界。他醉了，但不是醉于酒，而是醉于优美的景色，安详的生活。他感到无限的快乐，不禁心旷神怡，宠辱皆忘，一切人世间的荣辱、烦恼都被置于脑后，以致忘自己“饮少辄醉”，尽兴畅饮。结果，周围歌声缭绕，人们起坐喧哗，而他却“颓然乎其间”，醉态可掬，欲起而不能，进入了醉的最高境界。

“醉翁之意不在酒，在乎山水之间也。”

“山水之乐，得之心而寓之酒也。”

坐在醉翁亭里，芭蕉摇曳，风声飒飒，夕阳暖暖地照在那些古香古色的建筑上，照在醉翁亭上。走出城市，远离人群，脱离了浮躁和喧嚣。这时，我极其羡慕欧翁当时的那种超然脱俗的境界，想象欧阳修苍颜白发，颓然坐于众之间，眼睛微闭，杯酒开怀，陶醉之间醉眼蒙眬，真是惬意美哉。

我想，那时的醉翁亭一定没有今天这般“考究”，遥远的山林，一池清泉，一个简陋的草亭下，一个人独斟一壶江南米酒，吟唱着直抒胸臆的篇章，真是一幅绝妙的《醉翁图》。

人在江湖，身不由己。多少人为失意而失志，多少人为得意而忘形，又有多少人像欧翁一样独居一处，怡然自得寻求自己的那份快乐并留下千古的美唱？！

欧阳修以“醉翁”自称，旷达自放，摆脱宦海浮沉，人世纷扰，在这远离都市的山水之间，把自己的心灵沉浸到闲适、恬淡的情境里，获得了一种平衡、和谐的感受。这种感受渗透在《醉翁亭记》里，使文章如田园诗一般，淡雅而自然，婉转而流畅。

此次到江南，不巧的是脚下生了骨刺，很是痛苦，少去了很多地方。身置醉翁亭，我被欧翁笔下的神态和今天的山野仙境所醉，不想从那份娴静中走出来。夫人很了解我，说我一定是感慨大于怀旧，有些“醉而忘归了”。

秋风萧瑟上钟山

南京是六朝古都、历史文化名城。毛主席的“钟山风雨起苍黄，百万雄师过大江”诗句平添了它几分历史的厚重，更增添了我对它的向往。

去中山陵的那天，秋高气爽。因要赶火车去苏州，只有三个小时的时间去中山陵，拜谒国父，以图解读“钟山”。

钟山，又称紫金山。从地图上看，山体宛若一条巨龙盘卧在古城南京之东，与南京城西蹲在长江边上的石头城遥遥相望，古有“钟山龙盘，石城虎踞”之称。这时，我才真正体会到毛主席“虎踞龙盘今胜昔”诗句的含义。导游告诉我们：“它与安卧在这里的中山陵以及明孝陵、灵谷寺、鸡鸣山、孙权墓等名胜古迹一起，构成著名的钟山——中山陵风景名胜景区。”

陵、墓、寺，通俗地说都是一些“坟”地而已。可是这里的坟地与众不同，有几分悲情，更有几分神秘。

暖暖的秋阳下，我们走进中山陵拾阶而上。经392级花岗岩石阶方抵达祭堂。“民族、民权、民生”的牌匾格外醒目，令来者赞叹。回首远望，整个建筑群依山势而层层上升，气势宏伟，翠柏苍松布满山冈，紫气升腾缭绕，令人感到崇高仰止，不愧为一块宝地。

我们置身其中，看到的只是表象。直到细细读到孙中山先生寝冢的后花园里墙壁上的碑刻介绍才甚解其意——

从空中往下看，中山陵像一座平卧在绿绒毯上的“自由钟”。山下中山先生铜像是钟的尖顶，半月形广场是钟顶圆弧，而陵墓顶端墓室的半球形的穹隆顶，就像一把溜圆的钟摆锤，广场南端的鼎台(现改为中山先生的立像)为大钟的钟钮，“鼎”在古代是权力的象征，因此整个大钟乃含“唤起民众，以建民国”之意。孙中山的立像英姿勃勃，摆动的手势好像正在发表关系国家命运的演说。为修建中山陵，建筑师吕彦直设计的“自由钟”式图案荣获首奖，还被聘请为陵墓总建筑师。遗憾的是我这位山东老乡因修建陵墓积劳成疾而英年早逝，仅仅35岁，令我肃然起敬。

站在最高处，我们回首，竟然没有见到一阶台阶，好像整个通道就是一条顺山势而下的石路，宽阔开朗。

因时间关系，我们没有去中山陵西的明太祖朱元璋的陵墓。据说，在钟山的南麓，还有邓演达、廖仲恺、何香凝墓。离开钟山，离开在这里栖息的亡灵们，我们没有了来时的那份轻松和愉悦。这里有死去的帝王，有死去的理想者，更有无数死去的普通人。

他们跨越时间，毗邻而眠。

苏州小巷与周庄水乡

我曾到过中国最美的乡村——婺源，至今还被那里春天的美丽景色所魂牵梦绕。来到昆山，周庄——“中国第一水乡”已近在眼前。

秋和景明，碧空如洗，还没有跨进周庄的门槛，首先被陈逸飞先生“中国第一水乡”的醒目题字所心动。

台湾著名作家三毛说过这样一句话：“一踏上周庄的土地，即便是曾经周游世界的我，也不免神情激动、眼泪汪汪。”我和云竹在当地朋友的陪伴下，没有三毛的那份感动，只是在静静地用心观赏，心随水动，流淌在“岛中之镇”。

蓝天下，秋阳里，一条条小河静静地流淌，水中倒映着白墙灰瓦的房屋；传统的古朴典雅，现代的亮丽华美，摇曳于小桥流水之间，一切是那么宁静、秀美、和谐。

我们顺河游览，在小桥上拍照，在老街上流连，在那扇油漆斑驳木门的小院前驻足，坐在沈厅、张厅的红木椅子上摆出一副当年店主的样子怡然自得，在小摊床前欣赏精美的江南刺绣和工笔画。

从沈厅发家史的雕塑群里我们才真正了解了周庄的来历。北宋元祐元年(1086年)周迪功郎舍宅200余亩捐于当地全福寺为寺，始称周庄。元代中期，沈万三利用周庄镇北白蚬江水运之便，通番贸易，周庄因此成为粮食、丝绸、陶瓷、手工艺品的集散地，遂为江南巨镇。至清康熙初年正式定名为周庄镇。

穿梭在狭窄的小巷里和低矮的店铺屋檐下，踏着几近破碎的青石板路，可以想象当年这里的交通与文化的繁荣。

周庄镇古称为泽国，因河成街，呈现一派古朴、明洁的幽静氛围，是江南典型的“小桥、流水、人家”。它虽历经了900多年的沧桑，仍完整地保存着原有的水乡古镇的风貌和格局。全镇桥街相连，依河筑屋，小船轻摇，绿影婆娑，古镇区内河道呈井字型，民居依河筑屋，依水成街。

有河有街必有桥。河道上横跨14座建于元、明、清代的古桥梁。周庄古桥多，极具特色。富安桥是江南仅存的立体形桥楼合璧建筑；双桥则由两桥相连为一体，造型独特。在双桥前，我们反复调整着焦距，选取最佳角度拍摄出最精彩的画面。

周庄的美既在于水和桥，更在于它的文化底蕴和欣赏价值。

我是第一次到周庄，不知道几年前、几十年前的它是一个什么模样。朋友告诉我，周庄变了，商业气息太浓，古朴的文化氛围在日渐衰退，已经没有往日的宁静。在中国，这是一个普遍的现象。不过，我从钢筋水泥的丛林里走出来，在周庄还是感到了水一样的轻松和愉悦。

在来周庄的前一天，我们到了苏州，在“拙政园”转了转，便一头扎进了苏州古老的胡同里，看夕阳下的古城、小桥、流水。

苏州胡同和周庄水乡，我还是更喜欢后者。因为，我到过中国最美的乡村，又来到了中国第一水乡。

“我们喜欢周庄，喜欢它那独特的水乡风光；我们热爱周庄，热爱它那久远的历史和文化。”

阳光照在阳澄湖上

离开周庄，朋友的车一路疾驰，直奔阳澄湖。

听说阳澄湖的地名，还是在上小学的时候。样板戏《沙家浜》讲得就是当年发生在这里的一些事。“朝霞映在阳澄湖上，芦花放、稻谷香、岸柳成行……”优美的唱词把我带进了这个令人向往的江南水乡。

几十年后，我来到阳澄湖，寻找沙家浜，还有“春来茶馆”的阿庆嫂。

阳澄湖，水水相连，湖湖毗邻，波光万顷，水天一色。湖上水鸟飞翔，水面渔船怡然，粼粼波光的水面像一面镜子，平添了几分宽阔的氛围。

时值深秋。东北已是一片萧条景象，而阳澄湖却是暖意融融。这时，借用范仲淹的诗句来形容阳澄湖的秋日景象也有几分恰当：“至若春和景明，波澜不惊，上下天光，一碧万顷。”虽不见岸柳成行，但是，却看到洁白的芦花在风中摇荡。

“未识阳澄愧对目，不食螃蟹辜负腹”。对目了阳澄湖，自然不能负腹，要品尝地道的大闸蟹了。

这里是专门吃大闸蟹的地方，店铺酒家林林总总。我们登上了一条船，很大，是一个酒家，酒店就在湖面上，眼前就能看到渔网围城内的水鲜货。

其实，我在东北也吃过“大闸蟹”，大都是些“地产货”或冒牌货。朋友说，我们今天吃得也不是正宗的大闸蟹。真正的大闸蟹，老百姓是很难吃到的。但是，在阳澄湖上吃螃蟹，就当作是正品了吧。

是不是正品，对于我和妻子来说并不重要。重要的是朋友夫妇放下工作，一路陪我们，而且精心安排，极尽一个老乡的“地主之谊”，这就足矣了！

大闸蟹，不是大宅门。从朋友的介绍中，我们多少知道了大闸蟹的一点来历：“闸字不错，凡捕蟹者，他们在港湾间，必设一闸，以竹编成，夜来隔闸，置一灯火，蟹见火光，即爬上竹闸，即在闸上一一捕之，甚为便捷，之是闸蟹之名所由来了。”竹闸就是竹簖，簖上捕捉到的蟹被称为闸蟹，个头大的就称为大闸蟹。

这还真有点在大兴安岭的河套里夜间捕鱼的感觉。朋友说：“是这个意思！”

坐在阳澄湖上，自然想到了沙家浜。朋友指着远方说：“正前方就是沙家浜，如果时间允许可以去看看。”一是我们还要赶车到上海，时间不够用；二是我想沙家浜可能只是戏中的一个传说，没有阿庆，自然也就没有阿庆嫂了……

秋风送爽，开怀畅饮。我们从年轻聊到现在，从家庭聊到工作，从大人聊到孩子，从自己聊到同事、朋友。看到朋友夫妇走出大山焕发的青春和灵魂深处的“革命性变化”，颇有感慨。

海阔凭鱼跃，天高任鸟飞。只有走出去，才能海阔天高。

酒兴正浓，我们共同举杯：为了新的生活，多多保重！

南京路上的意外与遗憾

从南京到昆山，云竹与我相伴，一路走来心情愉悦。这是我今生以来最愉快的一次旅行了。

昆山与上海近在咫尺，我们还要到上海换车返程。所以，一定要到上海看看。

对上海的认识，我还是从看电影《霓虹灯下的哨兵》开始的，南京路、外滩这些曾经陌生的名字印在我年少的脑海里。

2008年，我曾到过一次上海。因为喝酒而醉得一塌糊涂，只到豫园转了转，根本没有去南京路和外滩。

从昆山坐动车15分钟就到了上海。妻子还是第一次到上海，我们自然要圆少年梦——看看南京路和外滩了。

上海铁路局的同行热情地接待了我们。他们说，外滩正在修整，到处都在施工，已经没有了外滩热闹的样子。

我们怀着追寻历史脚步的心情，谢绝了友人陪同，两个人来到了南京路，寻找“好八连”的影子。

从上海的解放到今天的开放，南京路已彻底变样了。狭长的街道不见了，洋气十足的楼阁不见了，青石板路不见了，电影里的印象已是无影无踪了。

我们生活的城市有一条中央大街，至今恢复并保留了几分当年的洋气，“东方小巴黎”的影子依稀可见。可是，上海的南京路已经是现代化十足的商业街了。

南京路上，游人不是很多，谈不上熙熙攘攘。我们和更多的游人一样在这里散步，看风景。妻子到一家商场给亲友买了几条杭州丝巾带回去，再也没有进其他商场。稍后，我们一起到一家餐厅吃饭，妻子猛然发现挎包内的钱包被偷了。

上海真不愧是国际大都市，小偷的手法也高明。挎包完好无损，拉链都是拉着的，里面的钱包、证件却不翼而飞，妻子怎么也想不出它是何时何地怎么丢的。南京路上我们一直在一起游览、观光，商店里人也不多，这小偷是如何将钱包盗走的呢？

妻子反应很快，马上给家里打电话，及时挂失，防止了更大的损失。

我们在反复回想每一个细节，怎么也想不到刚才还是一如平常，转眼间就让小偷“光顾”了。

妻子很是懊恼。本来一路走来高高兴兴，就要圆满结束旅程，结果在洒满阳光的南京路上出了这么一档事。

我开导妻子：现在全国都在支援上海，咱们怎么也要给上海开放投点资啊。

走在南京路上，我这时又想起了南京路上曾经的“好八连”，那时的人心与民风，如今只剩下一个历史的符号了。

2009年11月

●雪山低头迎远客

成都影像

我是第一次到成都，认识成都是从人开始的。

下了火车，已是21点多。成都铁路局党委宣传部的朋友来接我。灯火辉煌的城市，被层层绿荫遮掩，没有花花绿绿般的浮躁。

车子在细雨中似乎走了很长时间。我想，即使再大的城市，也不致走这么长时间还不到酒店。直到走进酒店安顿下来，接站的小何才告诉我："我住得'遂宁宾馆'在市区三环以内，其实从车站到酒店距离很近。"司机用不太熟练的普通话告诉我："他听说我是第一次到成都，特意在中心市区转了一圈，目的是让我看看成都的夜景。"

成都人热情、真诚，这是给我的第一印象。

认识一座城市，对人的印象，远远超过对固体的印象。从成都回来路过北京，我见到了博友"高山流水"。她说，第一次到哈尔滨，给她的第一印象不怎么好。原因是出租车司机狠狠地"宰"了她一刀。这一刀下去，可能再好的风景也被打折了。

在成都的几天里，我们就没有遇到这种事。从酒店到店铺，从出租司机到打听问路，人们柔声细语，善意友好，显得很是沉稳、平和。

按照时差，成都与哈尔滨可能相差2个多小时。凌晨4点多起来，街道上几乎见不到行人，清洁工扫大街的声音十分清晰。到了早上6点多，还是夜色茫茫，人车寥寥。

有人说成都的茶馆最多、脚步最慢，其实在说它的悠闲和轻松。对此，我很有同感。虽然没有时间进出茶馆，但是，我确实感到了成都人的轻松。这并非是懒散，而是“天府之国”历史文化的影响。店里不拥挤，路上行人不多，出租车不是很杂，人们大都是骑电瓶车和自行车。据介绍，公交车卡使用惠及市民，在2小时内换乘另一辆公交车，刷卡不用再重新计费，等于打了5折。并且有专用公交车道，其他车辆不得随意占用。畅通、实惠，很受欢迎。

认识成都，从人开始，特别是像我这些喜欢识文篆字的人，对历史文化名人情有独钟。于是，我不去逛超市店铺，而是急切地走进了位于成都市区中心的“杜甫草堂”。

草堂依旧在，古今两重天。

如今的草堂，已是一座人文环境优雅的公园，绿荫蔽日，翠竹青青，溪水淙淙。漫步其间，吟诵着那些赞美的楹联，极力想象着当年子美先生生活的情景和那一篇篇不朽的诗作，思绪似乎回到了他真正的草堂，听到“安得广厦千万间，大庇天下寒士俱欢颜”的呐喊。

公元759年冬天，杜甫为避“安史之乱”，携全家来到成都，在风景秀丽的浣花溪畔营建茅屋而居，称“成都草堂”。杜甫先后在此居住近四年，创作诗歌流传至今240余首，这些不朽的诗篇赋予草堂浓厚的文化底蕴，使草堂成为中国文学史上的一块圣地，也是国内规模最大、保存最好、知名度最高且最具特色的杜甫行踪遗迹之地。

“吏情更觉沧州远，诗卷长留天地间”“异代不同时，问如此江山，龙蜷虎卧几诗客，先生亦流寓，有长留天地，月白风清一草堂”“万丈光芒，信有文章惊海内，千年艳慕，犹劳车马驻江干。”

诗人是悲凉的，而诗人的心是赤热的。古人尚知居茅屋而为天下呐喊，怎不让如今居庙堂之高而忘其民的官员们汗颜？！

诗人是寂寞的，而修建草堂的人是浪漫的。走进杜工部祠，我见到了几位心仪甚久、崇拜至极的古代诗人：杜甫、李白、陆游、黄庭坚、李清照，不同年代，不同性别，不同风格，诗人、词人们在这里相聚。导游戏说，主要是草堂大了，院内空旷，怕杜老师一个人在此寂寞，不能“对影成三人”，所以，就把其他（她）几位请来，吟诗诵唱。

我到过滁州，拜访过欧阳修的醉翁亭；今天，来到成都，拜访杜甫先生，无论是山水间的逃避，还是充满忧患的杜甫，都是那样让我佩服得五体投地。

在修葺一新的草堂前，我打开虚掩的柴门，在石凳上坐了下来，拿出笔记本，故作诗人状。然终究只是匆匆过客而已。

一个城市的生命，不在于有多少钢筋水泥，而在于文化的根到底有多深，蔓延得有多远。所以，我每到一座城市，总是想逃避那高楼大厦，而是走进胡同、里弄，寻访曾经的文化。

在成都，还有一个地方一定要去。否则，你就不会完全感受到成都的文化底蕴，这里就是展现旧成都市井的“宽窄巷子”。

踏在青石板上，走进一个个古香古色的店铺，抚摸一件件久远的物品，看着那些市井小巷和活着的雕塑，我完全被陶醉了。

这是我到过的最具文化特色的巷子。方圆虽不大，但俨然是天府之国的浓缩图。

我的笔力不济，无法表达和记录下这里的一切。走出巷子，无意中，看到一个介绍巷子的壁文，草草记录只言片语，当是对这里最好的诠释——

“它是开启成都之门最重要的一把钥匙。”

“只有从这里，才能潜入成都灵魂的深处。”

“成都之惑，成都之谜，成都之魅，成都之髓，宽窄巷子，写满了答案。这里的一天，就是一生。”

当地人说，少不入川，老不离蜀。这说明成都宜居。

张艺谋导演曾说，成都是一座来了就不想离开的城市。这说明成都内在的文化很深厚。

我说，既然这里的一天，就是一生，那么，成都，我即使不会再来，但是，在这里活过了一生。

扎西德勒，九寨沟

不论是在我曾经生活过的呼伦贝尔草原，还是走上云贵高原，总是有一种冲动在心里翻涌。特别是这次穿行在四川阿坝藏族羌族自治州境内，看着雪山、经幡、羌寨、藏寨和蓝天下飞翔的苍鹰，这感觉越发强烈。

匆匆过客，不会对那里的文化有什么更深的考究，只是粗浅的感受而已。所以，我们认识九寨沟、初识藏文化是从“扎西德勒”或“扎西德勒秀”这句话开始的。

作为一个生活在东北的人，这几天说的这句话，一定超过了过去几十年来说过的总和。这可能是入乡随俗吧。

扎西德勒，是藏语“吉祥”的意思。

九寨沟是吉祥的，到了这里的人，也时刻沐浴着吉祥，并把它带给自己的亲人和今后的生活。

“神奇的九寨，人间的天堂，天下的人哪，为什么如此深情向往？”

九寨沟以原始的生态环境，一尘不染的清新空气和雪山、森林、湖泊组合成神妙、奇幻、幽美的自然风光，显现出“自然的美，美得自然”。

认识九寨，我们略知了一点藏情。于是，这认识就有了一些升华。

晚上，我们在“藏迷大剧院”看了一场大型原生态乐舞《藏迷》的演出。舞蹈家杨丽萍是总导演，容中尔甲为出品人。这是杨丽萍继《云南映象》以后，又一部大型原生态舞台作品。杨丽萍接受记者采访时说：“如果《云南映象》是表

达云南少数民族的生命的话，那么，《藏迷》表现的是藏族人的灵魂。”

是的，这是一次与灵魂的对话。《藏迷》讲述得是一个七旬老人和伴随她的一只小羊，为了实现今生从九寨沟徒步朝圣而到布达拉宫的夙愿经历。为了实现自己的夙愿，她沿途历经了爬雪山、过草地等艰苦的自然环境，战胜了风雨暴雪、路途中断、饥饿和寒冷。同时，展示了阿坝、康巴等沿途藏民的生活、民俗和风情。然而，她最终没有到达目的地，连同她的小羊一同死在朝圣的路上。

因为虔诚，亡灵超脱，她和小羊幻化成新的生命，一个孩子牵着一只小羊，继续走在朝圣的路上。

应该说，它的艺术效果并不是十分精彩，但是，却向人们传递了藏民族对宗教的虔诚和对生命深刻的阐释，展示了一幅藏民的风情画卷。

为了触摸到藏情，我们走进了藏寨，坐在他们家的屋子里，品尝着青稞酒。接待我们的小伙子叫多吉，长相多少有点像刘德华。他和父亲、妹妹经营着一个卖披肩的小店铺。他慷慨地领我们到他家的内室看了看，从照片上看，他们可能已经有几代人生活在这里了。挂着的照片中，有官员，有文化名人、有民俗专家和学者。

我们和小伙子合影，他的父亲用比较熟练的汉语，一再劝我们多喝点青稞酒，真是不错。后来，我们到一家民俗村再喝青稞酒的时候，明显觉得没有他家的味道好。

随着人们的大规模交流移动，文化也在交融。藏民开始“以情动人”受到人家的热情接待，我们不好意思“一毛不拔”。我们没有和他们讲价，一下子买了6条披肩。

只是这钱花得愉悦，花得心甘情愿。而不像我们有些城里人，对顾客冷冰冰的。如果讲价，你不去买，那一定是唇枪舌剑。

我问小伙子：“读书没有？”他说：“没有。”

我问他：“为什么不到外面的世界去闯一闯？”他说：“不想离开家。”

我问他：“认识容中尔甲吗？”他眼前一亮。他说：“容中尔甲是阿坝的，是九寨沟的。”

当天晚上，我们来到月亮湾藏族民俗村，容中尔甲的歌声随风飘扬。小伙子们、姑娘们，尽情表演，篝火熊熊。很多小伙子的歌声真的不比容中尔甲差多少。一对歌手，很快就要上《星光大道》。他们说，容中尔甲就是被来这里的音乐人发现而走出九寨沟的。

“一弯湖水失落在山里，心中珍藏着一轮月亮。”容中尔甲为九寨沟先后作词、演唱了《神奇的九寨》、《九寨之恋》、《九寨情缘》、《九寨之子》等一系列歌曲。

一个人把一个地域带出了大山，把一个民族带向了世界，也把人们的向往带出了神秘的九寨。

“到底是谁的呼唤，那样真真切切，
到底是谁的心灵，那样寻寻觅觅，
噢……神奇的九寨，
噢……人间的天堂，
你把那温情的灵光洒遍山岗。
她有着生命祈求的梦想，
她有着日月轮回的沧桑，
你看那天下人哪，
啊，深情向往，
噢，深情向往……”

当敲着这些文字，我戴着耳麦，听着容中尔甲演唱的《神奇的九寨》，心又飞向了高原……

雨中，穿越在地震带上

3年前，5月12日，发生在四川境内的那场大地震，至今成为我们的伤痛和牵挂。

3年后，5月19日，我们从成都出发，沿岷江逆流而上；接着，又顺流而下两次穿越整个地震带，了却了一个普通中国人牵挂的心愿，心灵再一次受到洗礼。

计　时

5月22日

6:04：从成都乘大巴出发。

7:29：进入第一个隧道——紫坪铺隧道，随处可见“拜水都江堰，问道青城山”的广告。

7:45：开始进入羌族藏族阿坝自治州，在映秀境内拍摄到了国道213线地震遗址的照片。

8:21：草坡大桥遗址，正是央视报道地震灾害的地方。

8:30：进入汶川县城。窗外是雨后的山雾、阳光和一片崭新的山城。

11:15：看到叠溪海子，据说是百年前地震形成的海子。现在还有山石滚落，有的好像瞬间就要坍塌下来。

12:54：穿过松潘县城。这里是大唐松州古城，松赞干布由此入藏。

13:00：穿越松潘县城。

16:15：在铜钟海隧道前绕行进入茂县。

16:20：进入汶川县城。

17:56：到映秀镇，天突然下起雨来。

18:18：走进映秀中学，雨大了起来。

18:31：依依不舍离开学校。

见　证

穿越在地震带，我们的心一直在揪着。我没有所谓猎奇的想法，有的只是被地震震颤的神经和对无数罹难者深深地同情。

上青天的蜀道，被流石吞没了，水流湍急的岷江被阻塞了，山脚下的羌寨被吞噬了，隧道塌了、桥梁垮了，昔日的世外桃源，如今随处满目疮痍。

车速很快，我们隔窗相望，在“213国道遗址”处，依稀可见埋在泥石流中的轿车和残存的羌寨民居。一块天外来石，把国道劈成两截。

灾区的人们，不再有人想提起那生离死别的瞬间。我们的导游，叫小乐，很年轻，也很有思想。她告诉我，地震时，她正带团在山里，地震时顿觉山崩地裂，天昏地暗，好像世界末日就要到了，很是恐惧。只见，乱石滚落，山体滑坡，天翻地覆，大地在剧烈抖动，让人很难站稳。直到现在想起来，还是不寒而栗。说到震后，特别是人们心灵受到创伤，不时发生的那些悲剧，她的眼圈红了起来。所以，她尽力回避关于地震细节的问题。只是乐观地向我们介绍震后建设的情况。

她的脸上一直挂着笑，她告诉我，能活着，已经很幸福了。死过一回，才知道生活真是美好。她打算用自己的收入，资助一名灾区学生。她说，经历了生死，更要珍惜生活。

在山坡上，我们看到新起的座座坟茔，还有很多冤魂，不知魂归何处?

穿越灾区，我们看到得更多的是重建家园的繁忙景象。

国道改建，安全系数更高；羌寨重新规划，整整齐齐，白墙灰瓦，房子上有羊头的房檐，墙上有羊头的挂件。羌族是牧羊之人，羊是他们的图腾。

处处可见建设的场面，处处可见援助的情景，就是在我们通过的国道上，还有长长的车队往这里输送救灾物资。

崭新的羌寨，家家户户房顶上都插着五星红旗，迎风飘扬，成为地震带上最美的风景。

3年前，中央提出的“给灾区一片希望，还世界一个奇迹”的目标，我们做到了。

“羌笛何须怨杨柳，春风已度地震区”“岷江流水万年长，党的恩情永不忘”等巨幅标语随处可见。

我很欣慰，因为我和儿子一次次的捐款，一定被用在了这里的建设。这里有我们的一份心意。

震　撼

雨中，我打着雨伞，走进了映秀中学。

因为，这里是学校，我当过老师，对学生有着特殊的感情。

校园外，花已开放，多是黄色的花朵；校园内，倒塌的校舍残留在那里，一个个窗口，像是虎口，吞噬了鲜活的生命；一个个教室的门开着，孩子们是不是还能从那里冲出来？

我买了3束金黄的菊花，代表着我的妻子和儿子，缓缓走向纪念墙前，轻轻放下，泪水夺眶而出，滴落在青石上。深深地三鞠躬，对死难者默哀。

记得地震时，我曾写下《天堂里有没有安静的教室》，告慰我的孩子们，如今，我又想起这篇文章，任泪水伴着雨水而滑落。

因时间紧张，我们没有能登上渔子溪瞭望台，暨“5・12”公祭台，当地人称为万人坑。

时间只有十几分钟。回到车上，我在日记本上顺手写下：短短的十几分钟，好像走过了一个世纪，是那样沉重和漫长。

我给妻儿发出短信：这里正在下雨，我代表你们献上了鲜花。

车子路过新的映秀中学，一切都是崭新的，可我还是牵挂着那片废墟。因为，那下面，仍然掩埋着曾经鲜活的生命。

雨在下，车内一时寂静，大家的心情都很沉重。

于是，我有了这样的想法，谁再尔虞我诈，不妨到这里看看，一切都会明白。

于是，我强烈地感到：活着，真的挺好！

江姐，我今天终于见到了你

还是在少年的时候，我就不知读了小说《红岩》多少遍，接着看了赵丹、于蓝主演的电影《烈火中永生》和不同版本、不同剧种的《红岩》。

尽管那个时候，我还不完全知道小说是真实生活的再创作，大多讲的是作家想象的故事。但是，小说里的江竹筠、许云峰、陈然等烈士的名字却铭刻在心，至今敬慕有加。

从那时起，也就埋下了一颗种子——到重庆去，到雾都去，去看看“渣滓洞”“白公馆”和歌乐山，去凭吊我心中的英雄和先烈们。

是种子，就会发芽。几十年后的今天，当年的少年，如今已是花白上鬓。2011年5月26日，我们从成都专程赶到重庆，直奔我心之向往的地方。

几十万字的小说，就是这样完成的。“见”到了作者杨益言、罗广斌，我心存敬意。

红岩上的红梅，就是在这里凋谢……

“禁锢的世界，手掌般大的一块地坝，箩筛般大的一块天；二百多个不屈服的人，禁锢在这高墙的小圈里面，一把将军锁把世界分割为两边。”

——蔡梦慰《黑牢诗篇》

五星红旗已在天安门广场升起，年轻的生命却在黎明前倒下！

英雄的诗人，是这般帅气，您是否还记起那首《囚歌》？

这才是真正的英雄的诗篇。

我们没有玷污党的荣誉，我们死而无愧——如今的人啊，你不汗颜？！

小萝卜头，中国最小的一位烈士。

小萝卜头的父亲——宋绮云将军临行前的遗作。

睹物思人，让我们潸然泪下。

当年风雨飘摇的石榴树，如今已是枝繁叶茂。点点红色，正是绿茵大地上，志士的鲜血。

我没有写下更多的文字，但是，却重叠、刻录了更多的映像，把《红岩》“加工后”又一次深深地装在了心里。

站在歌乐山英雄雕像前，看着那些年轻的母亲和幼小的孩子，只是觉得每个人都是那样渺小——不管是伟人，还是普通百姓，面对那些逝去的英雄，我们算得上什么？！

雪山低头迎远客

沿岷江而上，我们向雪域高原进发。

离开成都大约4个多小时，穿过茂县县城不久，我们就依稀看到了雪山。似近似远、时有时无，像一个身披轻纱的少女，扑朔迷离，越发提升了大家对雪山的好奇感。

其实，我常年生活在大兴安岭，对雪和山，真是司空见惯。每年长达8个月时间里，如果见不到雪，那才是不正常。但是，那里雪就是雪，山就是山，怎么也不能和“雪山”联系到一起。

我们一路穿越地震带，一路心情压抑。两边山高水长，但是，极尽破坏，山体坍塌，泥石而下，绿色的植被只是斑斑点点，灰色的基调占据了行程的大半。所以，我们向往雪域高原，渴望看到圣洁的雪山。愿雪山的出现，给我们这些神经多少有些敏感的人换另一种风景和心境。

看似雪山已近，其实，那少女远在天边。大巴行驶了几个小时，才把她薄纱轻轻掀开，渐渐走近她，方识“庐山真面目”。

雪山并非是那种“山舞银蛇、原驰蜡象、惟余莽莽”，除了雪还是雪的感觉。岷山千里雪，但是白得不单调。她是那样有层次、那样有色彩、那样生命旺盛。

汽车沿山路盘旋而上，开始我们还是在车里仰视雪山。几经蜿蜒盘旋，雪山竟被踩在了我们的脚下。

白云浮在山脊上，天山一色；几朵云遮挡了太阳，几缕阳光穿透云层倾泻下来，照射在雪山上，形成光晕和光环——佛光普照，吉祥吉祥！

我们真是很幸运。据导游讲，昨天这里还是大雪纷飞，阻塞了交通，封闭了道路。人们只能在很远的地方望雪山而叹，带着遗憾打道回府。今天如此幸运，难道我们这不是好运当头吗？！

雪山之巅，有一幅广告牌：无限风光，随我移动。这是移动公司的广告，我真的佩服此广告人的创意。

雪山之巅，四位美丽的游客姑娘张开双臂，放声欢呼，大有欲与乘风归去的豪迈。

山谷与白云间，苍鹰在翱翔、盘旋。

山坡上、谷底下，牦牛在悠闲地吃草。

雪、山、牦牛、绿草和人，构成了这里的世界，天地合一，得到最好的诠释。

我在随身携带的笔记本上即兴写下了这首打油诗：

“雪山低头迎远客，银峰含情献哈达。

张开双臂揽春风，我自山巅看天下。”

新闻人的特质，总是浮想联翩。此时，我多了一份感慨，想起《长征组歌》里的一段歌词，便一遍遍地哼唱起来——

“雪皑皑，野茫茫，高原寒，炊断粮。

红军都是钢铁汉，千锤百炼不怕难。

雪山低头迎远客，草毯泥毡扎营盘。

风雨侵衣骨更硬，野菜充饥志越坚。

官兵一致同甘苦，革命理想高于天。”

这时，我又想起刚刚看到雪山时，在岷江源头一座高山上的那座红军战士的巨型雕塑，直入云天。因当时忙于拍照，没有记清楚那战士像苍鹰般张开的双臂，两只手上拿的都是什么。

昨天，我给导游发去短信询问后得知，那战士左手拿的是象征和平的莲花，右手拿的是步枪。枪杆子里面出政权，这是真理。战争与和平、刚毅与柔情、奋斗与牺牲、渴望与期盼，在这里都得到了彰显。

我们现在借助交通工具，上岷山还是这般艰难。当年红军穿着草鞋是怎样爬过了雪山。如果不是到过这里，我是无论如何也体会不到红军当年的艰辛与卓绝。这可能就是让我们今天肃然起敬的缘故吧。

“更喜岷山千里雪，三军过后尽开颜。”毛主席的革命浪漫主义情怀深深打动了我，让我对岷江、雪山增添了更多新的感触。

当我把雪山踩在脚下，远望天山相连一体的时候，突然显得自己是那样伟大，融化在了高原上。

从钢筋水泥的丛林里走出来，从浮躁的市井生活里逃出来，雪龙舞动，我心飞翔。

索性，脱掉外面的夹克衫，只穿一件单衣，站在顶峰，任凉风阵阵吹来，打乱了头发，拍一个“无限风光在险峰”的照片，作为献给未来的记忆。

“在那遥远的天边，有一个神奇的地方。那里的白雪，把人心照亮；那里的白云，能把你的心高高挂在天上。”（途中，我在日记本上草草记下这样的文字。）

恋恋不舍地告别雪山，我时不时深情地回眸凝望——那多情的“少女”，那青春的“姑娘”。直到今天，我还能清晰地想起“她”的模样！

那圣坛，并非是我最终的向往

5月21日17时许，经过不到2个小时的艰难攀登，我终于登上了黄龙之首。我踩在龙首，站在那五彩的圣坛前，不禁感慨：世界上唯一难以战胜的不是任何客观条件，而是自己。

不见圣坛，想见圣坛，因为自己的目标没有达到。现在，我就站在了这里，忽然顿悟：那所谓的圣坛，并非是我最终的向往。

黄龙，海拔3 800多米，在高原之上，雪山之巅。就要到达黄龙的时候，导游反复说，登上黄龙宝鼎，年龄大的不行，不安全；身体不好的不行，发生意外责任自负；只有身体好或年龄大但是不怕死的人，才能从山下一步步登上山顶。所以，很多人害怕，花80元钱坐着索道上去。后来听说，有的人坐索道上去了，旋即又花40元钱坐索道下来了。

我是属于很自信的那种人。妻子常说，我最大的优点是“自我感觉良好”。尽管，我因腔隙性脑梗住过院，现在脑供血一直不好，而且时常感到头昏脑涨。但是，我还是选择了徒步上山，成为仅有的步行4人之一。一是想挑战一下自己，二来想检验一下自己的意志和生命体征。

天气晴好，稍显有些热。我们开始沿着栈道向山上走去。

一路走着，没有见到什么特别的地方和惊奇的景观。只是一道道凝固的黄黄的熔岩带从山上倾泻下来。据说，如果赶上水量大，从上而下，一路下来，像龙腾虎跃，可能黄龙就是因此而得名。

栈道大大地方便了游人。看着这样浩大的工程和精细的施工，我真的很佩服四川人的精到之处。

上山真的是不容易。如果是在平原，这点路程算不上什么，几十分钟就能走完。现在问题是在高原，空气稀薄，游人缺氧成了最大的困难。

走在路上，时不时见到有人躺在路边休息，有的进入路边免费吸氧的小屋，有的半途而废，打道回府。上山的人总是问从上面下来的人，还有多长时间能到达顶峰。下山的人总是善意地说："快了、快了。"其实，行程只是过半。但是，正是一句"快了"，让对目标充满了期待的人们有了信心，毕竟有了一线希望。

"既然选择了远方，便只顾风雨兼程。"早年汪国真的一句诗此时跳出脑海并激励着我。

感到有些累、有些缺氧，我和同伴尽量少说话，以保持体力。有时在路边小亭子里小憩，吹吹山风、缓解一下。

教训是自己得出来的，经验是在实践中形成的。3年前，我到过云南的玉龙雪山。我们就是摸索着、实践着，登上了4 800多米最高峰的。尽管登上到顶峰的人寥寥，但是，我是其中之一。那些没有经验的人被留守在了山脚下。

打仗，是需要策略的，不讲策略是会吃败仗的。

带着这样一股不服输的劲头，我们一路前行。

当筋疲力尽、对前景几乎失去了信心的时候，峰回路转，总算看到了雪山的样子，总算见到了盛开在雪山上的花朵，总算看到了从山上流下的清澈的雪山圣水。

无限风光在险峰，只是你能不能、有没有勇气到达那里。成功就差一步，就看你能不能坚持。

我们终于登上了雪山宝鼎。

圣洁的雪山，飘扬的经幡，缭绕的香火，凝重的庙宇，五彩的圣坛，构成了一片世外桃源。应该说，它比世外桃源更圣洁。

庙宇在雪山脚下、五彩池旁边，"浩大功勋"的牌匾很是醒目，让鞍马劳顿但却矢志不渝的人们感到了欣慰。

来不及细细品味它的内涵，但是有一点可以肯定：对那些像我们这样心想事成的人是一种褒奖。

五彩池，在三面是山的一个谷口。立于高山之上，就其顺势而下的黄色熔岩看，它就像龙之首了。其实，这是高原上长时间矿物质作用形成的一种地质现象。水质清澈见底，在阳光的作用下，池池相连，错落有致，可见白、蓝、黄、绿、橙的颜色，很有层次，透视感极强。

虔诚的人们，登上顶峰异常兴奋，好像真是降住了龙头。好在手机信号很好，我给妻子发出短信："我走了近2个小时，终于走上了海拔3 800多米的雪山。现在，生命体征一切正常。"

妻子很快回复："走的时候，我不告诉你了吗，脑供血不足，千万不能登高。正常就好，说明你很健康！"

又是一剂强心剂，让我信心大增。

五彩池，方圆不大，一览无余。拨开人群、见缝插"照"，我们草草抢拍了几张照片，便顺山势而下。

一路再无风景。

九寨沟，美在那遥远的宁静

有人说，九寨沟之美，美在山更美在水。我却认为九寨沟之美，美在那份让人感到了久违的宁静。

前一天晚上，我们从黄龙下来，住在了九寨沟沟口的“仙台酒店”。从这里到九寨沟，乘汽车不到10分钟。

第二天，不到8点，我们就来到了景区门前，已见人海如潮。导游说，即使来这么早，我们已经是当日的第1020个旅游团了。

天在下雨，感到有些凉意，似乎觉得那凉意就是从沟里冲出来的。

人人向往九寨沟的人间仙境，其实真正了解它的并不是太多。而对一个景区的评价，很多是带有浓厚的个人色彩的，正所谓：“同在蓝天下，感受各不同。”

九寨沟位于四川省阿坝藏族羌族自治州九寨沟县境内。因沟内有树正、荷叶、则渣洼等9个藏族村寨而得名。这里年平均气温6~14摄氏度，7月份平均16~23摄氏度，年降雨量600~840毫米，相对湿度60%~70%。

有人形容这里的四季是：春之浪漫，夏之激情，秋之妩媚，冬之灵韵。我此生难以享受九寨四季，但是，现在在这个季节确实感到了凉爽，甚至是寒冷。

雨在下，山雾蒙蒙。时而，天晴了，方识“庐山真面目”。树是绿的，海是斑斓的，流水是清澈的，心情是自由不可言说的。

从一个资料上，我了解到：九寨沟景区四周群山耸峙，有雪峰数十座，直插云霄，终年白雪皑皑，河谷地带溪水荟萃，期间有成梯形分布的大小湖泊14个，瀑布群17个，钙化滩流5处，以1 870米的海拔落差，在12座雪峰间穿林跨谷，珠链玉接，逶迤近60公里，形成了中国唯一、世界罕见的以高山湖泊群和瀑布群以及钙化滩流为主体的风景名胜区。

对此地的介绍，所到之处，可见一斑。

一个人的性格，决定了他的兴趣。我们四个人结伴而行，离开扎堆的人群，钻进栈道，向谷底走去。

雨打树叶，飒飒作响，越往下走感到越冷；对面山峰上还在下雪；时时看到身旁铁索、铁网密织的护栏，不时有标志提醒：此处危险，山头落石。反而增加了几分寒意，感到有些后怕。

空气湿漉漉的，我张开双臂贪婪地吸吮起来，真的想把这一切都揽在怀里，储存起来，足以享用一生。

一个把精神作为支撑的人，是不需要更多的物质利益的。如果一生能有这般宁静，那可真是奢望了。

一棵棵大树倒在海水里，若干年过去了，竟然没有腐朽，反而在那上面长出了小树，有的盛开着花朵。水中树、树上树、树上花、水中草，大自然真是神奇，人类无可比拟。

处在这样的环境里，很容易让人出现奇思妙想，自己的想法不就是很可笑吗？孩子般的天真。但是，这里本来就是童话世界，有些傻气、稚气，又何妨？！

由于偏远，游人甚少，有时能听到游客的笑声，却不知那人在何处；

出现了暂时的晴天，一只山鹰在仅有的天井下飞翔。仰视天空，是那般高远；

我的灵魂，好像离开了凡人肉体，与那山鹰一起飞翔。

从钢筋水泥的丛林中走出来，从浮躁纷乱的市井里走出来，走进这荡涤污泥浊水、洗涤私心杂念的环境里，真是痛快淋漓。

在这里，我什么都不去想，我又什么都可以去想，我可以自由地呼吸，自由地恣意张扬我的个性。我想到了我到过的那些与山水有关的地方，和他们作着对比，分析着他们的优劣，拾拣着我在那里留下的记忆碎片。

九寨沟真静，静得灵动，让心灵随着云雾穿行，随着池水奔流，随着瀑布倾泻，随着人的自然意识流动。

徜徉在精神与文化的长廊里

行路，就是读书。余秋雨先生说过：“一切没有文化的旅行，都是苍白的。”当然，我更相信古人说的话：“读万卷书，行万里路。”

我们不是游客，不是以到达某一个旅游景点，走过、看过，仅仅满足“到此一游”而产生快感。

每一次行路，都有精神的收获、文化的熏陶和知识的填补。走出浮躁的市井，我们不再戴着镣铐跳舞，而是让自己在文化与精神的长廊里尽情地徜徉。

此次川渝之行，亦是如此。

在北京，我有幸得到了王雄先生的新作《走过的》一书，开启了我的文化之旅。从北京开车到成都，我已经把近300页的作品看了一遍，有的文章看了几遍。书的封面下方有这样一段话：“自古以来，襄阳广德寺膜拜者如织，梵音阵阵，香雾缭绕。佛像底座，有老蜘蛛，终日结网，千年不辍。晨钟暮鼓，檀经熏陶，老蜘蛛也就有了佛性。某时，佛祖翩至，问蜘蛛：这世间何为珍贵？蜘蛛曰：‘走过的。’”

“佛祖澹然颔首。”

这段话，既是对作品的诠释，同时，也是让我对文化的行路有了新的认识和升华。

善于比较，勇于联想，是一把行走的钥匙，拿着它，能打开锈蚀的门锁，推门而入，就有了另一条路，另一番天地，另一个世界。

真的很佩服，王雄先生对行路与文化间的关系有如此深刻的见解。

行路匆匆，匆匆地去，又匆匆地归，我匆匆地翻阅着自己用心打开的书页——

曾经灰色的一页渐渐翻过，那是我穿行在地震带上。这一页，写满的是沉重。

残缺的羌寨还在，残缺的校舍还在，被泥石流掩埋的国道已经废弃，山体移位了，江水改道了，但是，我们毕竟看到的是国旗飘扬，旧貌换了新颜。

导游给我们讲了这样一件事：有位游客说，如果没有地震，这里几十年还是这个老样子。开车的司机是个当地人，他听了后很是生气，执意要把这个游客撵下车。导游也是当地人，她说，我们宁愿是过去那个样子，也不愿意失去亲人。

我们无言。

2011年5月12日，汶川大地震3周年的时候，《京华时报》刊发了一篇文章，题目是《汶川人的精神家园更值得徜徉》。文章说，类似地震这样的重大灾难，可能使人一辈子无法走出被打击与伤害的精神泥潭。这种精神修复，比物的重建艰难得多。

我们没有时间和当地人交流，只是从导游的只言片语中感到精神修复是何等迫切和艰难。

永远红色的一页，历久弥新，那时我终于和江姐有了近距离的对话。这一页，记载的是我为了忘却的记忆。

很小的时候，读了小说《红岩》，我偷偷地抹眼泪。今天，走上歌乐山，走进渣滓洞、白公馆，又把那尘封的记忆打开，把《红岩》又重新打开。

当时，我的心在不停地悸动，惋惜、怀念、惨烈、羡慕，一同涌来。我看到有的年轻人，举着国旗向这里走来，也有的青年人感到这里“太没意思”，一脸木然。

下意识觉得，精神是多么需要修补和救赎。

在更多年轻人的眼里，《红岩》已经褪色，而我们却越发感到亲近。

史书，即使打开，可是能有几人去读和读懂?

绿色的一页，刚刚打开，黄龙、九寨沟写着我青春的颜色。那里不仅有大片的绿色，还有更多的蓝色、白色和黄色。

蓝天、白云、雪山，还有黄色的经幡和白色的哈达。同样，不缺少激情和奔放。在“月亮湾”藏寨，那篝火、那“呀啦索”的欢呼、那震撼心灵的歌声与舞蹈、那藏迷的娓娓道来，都让我们身临其境地触摸着雪域高原的心脏，感受着高原文化的魅力。

我们进入九寨沟，是精神的洗礼，是情操的陶冶。

渐黄的一页，重新翻白，我推开柴扉，看到了茅屋。

川渝之行结束，我回到工作岗位，再看民生稿件的时候，我多了一层思考。坐在草屋前，和杜老师“对话”，等于打开了百年诗篇。于是，在问自己：是不是在用真情实感为民生而呼，同时，对杜诗多了几分亲近。

绿色草原，红色井冈，七彩云南，油菜花盛开的婺源，多种颜色组合的川渝之行，我不只是一个匆匆过客。“我很留意走过的路，一直试图抓住一些东西，唯一的方式，就是用笔记录。当然不是纪实，而是对思绪的捕捉。”（王雄《走过的》）

当我结束了一次行程，等于合上了一本书，同时，又打开了一本书。前者是边走边看，在阅读中思考；而后者，是再看再走，在思考中再阅读。

还是那句话——走过的，都是美好的！

2011年7月

到毛泽东同志的故乡去

这里就是韶山冲上屋场，眼前就是那个走出了一位世纪伟人的湖南茅屋——毛泽东同志故居。

儿时的梦想，成为今天的现实，追随着同样是一个农家子弟的足迹，在这样一个生机盎然的季节，我从枝头尚未吐绿的北国来到了郁郁葱葱的湖南，来到了毛主席的故乡。

青山葱茏，绿叶滴翠，一种相似冬青树的植物，在蒙蒙细雨下绿意盈盈地泛着光泽。我们就要经过这里，走进“凹”形的院落。

游人摩肩接踵，艰难地挪动着脚步，蛇型般有序地涌动在那狭窄的通道里。这里有老人，有孩子，有中国人，也有外国人。尽管人们有着不同的心态，但是，他们一定有一个最初的动机，就是感到神秘和好奇。

对于这个茅屋，我儿时就从小学课本上有了认识并留下了深深的印象。但是，当今天我走进它的时候才真正觉得，这分明是一本书，我们掀开的只是封面，更多的还没有去读或者说根本也读不懂。

人流涌动，来不及抬头好好看一看，更不可能驻足品读。只是感觉过于匆忙，从走进故居到出来，前后不到10分钟，十分地遗憾，心里空落落的。至于这里的环境，我们就借读邵华和岸青那篇《我们爱韶山的红杜鹃》的描述吧——“我们流连他老人家少年时代游泳的池塘，放过牛、砍过柴的小山，教育全家投奔革命的灶屋，耕种过的菜地和稻田，博览群书、探求真理的住房，指点江山、激扬文字的校园。”

走出故居，突然现出一片阳光。我站在上屋场对面的荷塘边，仔细端详，这里真是一块风水宝地。背靠大山，面有池塘，山坳里还算宽阔的水田里稻秧旺盛，地气上升。一条小路，一座小桥，把这里和外界连接起来。

我突然想到，来时一路下雨，此刻却出现一道光芒。是不是我今生的虔诚追随，感动了先生，用他的恩泽来欢迎远方的后人？！

笔力不济，无以形容。在毛氏家族陈列馆里的毛氏族谱上，对韶山冲（湖南方言，山里的平地）这样写道：“一沟流水一拳山，虎踞龙盘在此间；灵修钟此人莫识，百齐如锁成重关。”这一定是最权威的诠释了。

山不在高，有仙则灵；水不在深，有龙则灵。茅屋里，走出了世纪伟人，成为民族的英雄，一个领袖和导师的思想与灵魂奔走于天下。

站在故居天井里的片刻，我在心里轻轻地说：“毛主席，我来了，来你的家乡看你来了。”

这句话，我已经是今天在心里第二次念叨了。在来故居之前，我们先去了离这里很近的毛泽东广场。大家向他的铜像敬献了花篮，默哀三分钟，绕铜像一周，神圣感油然而生。于“五一”节前夕来到这里，我们打出的横幅是“劳动光荣，崇尚劳模”。

毛泽东是一个最合格的劳动者，也是最优秀的劳模。

我们就要离开广场，我不时回头望着那铜像，依依不舍。这时，一位老农民扑通跪在了广场中央，向着主席像磕了三个头，嘴里念念有词。我眼睛一热，回头再次凝神伫立，并许下了自己的心愿。

“我们肃立在您老人家面前，透过泪水看到您老人家还是那样庄重而慈祥，久久不愿离去啊，时间再长也总感到太短，太短！”（《我们爱韶山的红杜鹃》）

上井冈山，进遵义，走上岷山雪山，到延安，挺进西柏坡，坐在北京香山双清别墅的亭阁下，登上天安门城楼，作为毛泽东的崇拜者，追随着他的脚步，我用十几年的时间，走完了我心路历程的“长征”，完成了一个朝圣者一生的心愿。

早晨，我们漫步在橘子洲头，湘江岸边，并登上岳麓山，仰望爱晚亭，万千思绪，随山移随水转。

当晚，我们住在了韶山市区里的一个酒店，对面的高山上，就是烈士陵园。巨大的火炬雕塑，在夜幕下的雨雾中火焰般地闪耀。

第二天清晨，雨雾蒙蒙。散步中，我走近了韶山市人民政府。办公大楼很气魄，特别是对面偌大的广场更是绿叶滴翠、鲜花盛开。

导游向我们讲了很多毛泽东的故事。追随他的脚步，踏访了他为之征战的一些地方，我认为，他是一尊“神”，真的很神，留给了后人太多的谜。

但是，我更愿意接受他是一个人，和我的父亲一样博大慈爱，这正是我崇敬他老人家的初衷。他有曲折的爱情，有儿女情长，并想念着他的故乡和他的爹娘。

毛泽东一生五回韶山。与韶山道不尽化不开的浓浓乡情，既是家乡人心中珍贵的回忆和宝贵的财富，又是为普天下人们广为传诵的一段佳话。特别是于1959年6月25日再回韶山，离别故乡已有32年了，这位三湘农民的儿子感慨万千，奋笔挥毫：“为有牺牲多壮志，敢教日月换新天。喜看稻菽千重浪，遍地英雄下夕烟。”毛泽东是多么热爱他的故乡和人民啊，他是真正的“人民的儿子”！

1975年末到1976年初，毛泽东可能预感自己不久即将离世，再次提出回老家看看。但是，遗憾的是他已重病在身，难以行动，只好带着遗憾驾鹤西去，魂归故里。

他的铜像回韶山，在路上和揭幕仪式上发生的一切，一定不是传说。日月同辉，神灵庇佑，万物感动，唯毛泽东所有。

今天，毛泽东魂归故里，实现了他的遗愿。铜像面向故居，回家的感觉。一身书卷气，一脸的从容，“指点江山，激扬文字”，毛泽东的嘴角露出了一丝微笑……

2014年4月20日草稿于韶山

2016年9月9日《广州铁道报》

凤凰古城，真的不再“古”

为了您，这座古城已等了千年；您的足迹从这里走进沈从文的家乡……

——摘自当地一张手绘导游图上的话

不管是古城、古镇，还是古巷古村落，只要带有“古”字，一定是因其古香古色、古典古雅的深刻文化内涵而吸引人们的目光。如果失去了这些，加之商业化气息甚嚣尘上，那它一定就会变得不土不洋地黯然失色。

这是我在凤凰古城逗留一夜半天后，几十个小时内留下的思考。

其实，凤凰古城真的很“古”。我在网上查到：凤凰古城是我国历史文化名城，在湖南西部的边陲，也是苗族、土家族繁居之地。是怀化、吉首、贵州铜仁三地之间的必经之路，建于清代康熙年间的古城有不少名胜古迹。古城风景自然秀美，四周青山叠翠，江水环绕，保持着明清建筑风格，曾被新西兰著名作家路易·艾黎称赞为“中国最美丽的小城”。

我在当地2014年3月第3次重印的《最新古城手绘图》上看到了沈从文先生在《边城》里描写古城的一段话：“乘着小舟顺沱江而下，独具特色的吊脚楼立江边，竹篙和木浆摇晃着小板，身背竹篓的行人，淘衣劳作的妇女，一切都让人感觉穿越时空，来到了与世无争的乐土。江水清澈见底，丛生的水草随波摇荡，身姿轻盈优美，似乎在为我们舞蹈蹁跹……”“素朴迷人”才是沈先生笔下最真实的凤凰古城。

遗憾的是，这座等了我们千年的古城，并没有让我们看到沈先生笔下的风情，更没有体会到先生笔下的那份悠然怡得。

我们到达这里时，已是傍晚时分，还没有记住下榻的旅店叫什么名字，便放下行囊，急匆匆直奔沱江边。

凤凰古城与丽江古城不同的是，前者沿一条江而建，这条江就是沱江。华灯初上，沱江两岸，大放异彩，五光十色，静水流深。吊脚楼倒映水中，廊桥倒映水中，从水中可以看到江边的风景。只是天在下雨，游人众多，难以逗留，只好随波逐流，向前涌动。沿着沱江从凤凰古城的中段、下段到上游走了一个圈，回来时，身感疲惫。

毋庸置疑，凤凰古城和其他古城的夜晚是一样的热闹，而且有过之而无不及，视觉和听觉效果都是一样灼热眼眶和充斥耳膜。

次日，我们游览了几个故居，到现在也没有弄明白究竟去了哪里。因为爱好文字，提前做功课，翻阅了沈从文先生的《边城》。到了他的故乡，当然一定要去拜见“导师”了。好不容易挤进沈先生的故居，好不容易抢拍了一张照片，只能表明我曾“到此一游”。

到处是正在建设的“古迹”，到处是正在开发的景点，到处都是嘈杂和喧嚣，到处是五花八门的导游们摇摆的旗帜，看得眼花缭乱，听得心烦意乱，低头防止摔倒，抬头看得后脑勺，难有一处宁静。

凤凰古城的夜色是美妙的，清晨看到的一切，却让我为之惊讶：江面上漂浮着各种垃圾，流动着漂浮的油污，两岸的污水尽情地向江中倾斜，其哗哗的响声格外清晰。江面上竟有人在游泳，沱江失却了昨夜的喧嚣，却在清晨忍受着伤痛。

从一张手绘地图上，我大致看了一下，古城临江两岸大大小小、林林总总的酒店、酒吧、客栈、摊位不下千余家。今晨有如此“景观”，已是见怪不怪了。

对此，我很纠结。但是，在返程的列车上，我在《读者》上看到这样一段文字：“你改变不了一座山的轮廓，改变不了一只鸟的飞翔轨迹，改变不了河水流淌的速度，所以，你只能观察它、发现它的美就够了。”这段话，也彻底释解了我的纠结。

我的作家朋友王雄先生一本著作的名字就叫《走过的》，他给我的题字是："走过的，都是好的。"

凤凰古城是好的，湘西的魅力在哪里？我在沱江边"印象湘西"酒吧的海报上拍照并找到了答案："在沈从文的书里，在黄永玉的画里，在宋祖英的歌里，在印象湘西的酒吧里。"

张家界，不是谁家的“界”

张家界，不是张家大院，也不是张家的后花园。

张家界，无非也是山和树，但万事万物皆生灵，有生命，有温度。

看张家界，没有体力不行。导游说，每去一处风景，都是一次长征。

看张家界的山，没有禅心更不行。我认为，如果不用心，你看到的除了石头还是石头。

我们就住在张家界的武陵源风景区内。武陵源被誉为“人间仙境，世外桃源”。风景区面积369平方公里，由张家界国家森林公园、索溪峪自然保护区、天子山自然保护区和杨家界景区四大部分组成，有30多条游览路线。我们到过的黄石寨、金鞭溪、天子山等都是精品路线。

湘西素有十万大山之称，景区内三千座岩峰拔地而起，耸立在原始旷野之上，八百条溪流蜿蜒曲折，穿行于莽荡峡谷之中。巨石如剑，直冲云霄；林涧峡谷，水流淙淙，那天然植被更是遮天蔽日，苍苍莽莽。林、涧、湖、瀑布于一身；奇、秀、幽、野、险于一体，真是“五步一个景，十步一重天”，令人心驰神往，想象无限。

“不到黄石寨，等于没到张家界”。我们冒雨走进黄石寨，在一片空地上集合队伍。

云雾缥缈之间，我蓦然抬头看见一巨石，上面被浓郁的植被覆盖，下半部竟是一尊活脱的佛像。双眼皮，大脸盘，方方正正，慈眉善目，端坐在那里，

笑意盈盈地端详着远方的来客。我大呼一声，惊动了游客，人们指划着、猜测着。导游说，果然是一尊佛像，他在这里干了六七年也没有发现。他会尽快向相关方提出建议，在此增加一景。我建议，法名就叫“玉佛”吧。

无巧不成书。在袁家寨，久日不见的一道阳光，突然闪现在一尊仙翁的身上，看清了他浓重的眉毛和传神的眼睛，令人为之惊叹，瞬间，又被云遮雾盖。

在这里，采药老人、夫妻携子、倒挂笔锋、仙女鲜桃，一切都有了灵性、有了温度。让我们有一种和那云雾之间的石头做一次心灵沟通的欲望。

在张家界石林的最高峰上，矗立着一块石碑，上面是朱镕基的题字：“张家界顶有神仙”。对面，石碑上写着“摘星台”。好在那天是大雾弥漫，看不见眼前的万丈深渊。如果真是能看见下面，那将是满眼冒金星了。

山上有没有神仙？我们不得而知，但是，我们却实在地感到，自己就是一个神仙，于匆忙危险之中，放牧着我们的思想，展开了飞翔的翅膀。

导游讲得眉飞色舞，游客听得一头雾水。是与不是，像与不像，只有靠自己的悟性了。如果没有茅塞顿开，大彻大悟，李娜怎么会在事业的巅峰期遁入佛门，走进张家界的天门山？！

张家界，不再姓张。张家界是仙界，是境界，是天界，是思想的所在。在天子山，在十里画廊，在金鞭溪，在袁家界，在黄石寨，我偷闲于喧嚣之中，苟且于人流之间，与行云流水对话，与那些有生命的石头对话，与淙淙溪流对话。因为，我寻找宁静……

品读山西

逛古城

何日平常心，千年逍遥游。

——题记

我的故乡兖州府，原本就是一个古城。对古城情有独钟，应该说是我年幼时埋下的种子。于是，在这样一个季节，在旅游大潮退去的时候，我披着冰城淡淡的雪花，走进了平遥古城。

中国古城数以万计，我所到过古城的数量连凤毛麟角都谈不上。走过了西安古城、丽江古城、凤凰古城、兴城，还有一些古镇、古巷、古村落等，尽管它们的历史文化背景不同，我也没有资格评价哪个更好，但是，平遥古城还是深深震撼了我。

在一张《平遥古城导游图》上，我看到了这样一段话："平遥古城是中国汉民族城市在明清时期的杰出范例，平遥古城保存了其所有特征，而且在中国历史的发展中，为人们展示了一幅非同寻常的文化、社会、经济及宗教发展的完整画卷。"其实这是1997年联合国教科文组织世界遗产委员会对其评价，可谓高度概括且这般精准。

这里是晋商文化的发源地。整座古城有古城墙、古街道、古店铺、古寺庙、古民居等组成了一个巨大的古代建筑群。中国第一家民间银行——票号，就诞生在这里。"中西汇兑一纸风行，轻重权衡千玺日利。""纸"字上面竟多了一个

点，说明书写者对此的惊叹。余秋雨先生在《抱愧山西》一文中说："在山西最红火的年代，财富的中心并不在省会太原，而是在平遥和太谷。其中尤以平遥为最。"

到了古城，作为一介平民，还是一定要拜见"县太爷"的。

走进"平遥县署"，我被门庭、廊柱上的楹联所吸引，读着亲切、温暖，更多的是内涵文化的震憾。

"百载烟云归咫尺，一署风雨话沧桑"；"吃百姓之饭，穿百姓之衣，莫道百姓可欺，自己也是百姓，得一官不荣，失一官不辱，勿说一官无用地方全靠一官"；"柴米油盐酱醋茶除却神仙少不得，孝悌忠信礼义廉无有铜钱可做来。"真是幅幅工整，句句真切，字字入心。

"平遥县署"，规模宏大完整，仪门、六部、大堂、二堂、牢狱等办公、司法场所，透露出对法的崇尚。由此看来，亲民并非今有此事，由此我想，古城之所以有如此规模与完整保存，一定是县衙规矩方正赢得了民心，才绘得这幅"晋善晋美"的山西"清明上河图"。

我久久徘徊在南门城墙上，欣赏着这古香古色的画卷。那挂在廊亭、街巷、屋檐下的大红灯笼；那垂直纵横的店铺、街巷，还有那些悠闲着的人们，以及城墙下的花轿、马车、老汉，让我甚至出现了幻觉：这眼前的景象，是当下的21世纪，还是千百年前的平遥？！

匆匆过客，难说古城之博大。我们在平遥可逛的时间只有12个小时，从下车到晚上休息，整整游览了10个小时，全然不觉得累。

晚上十点多了，店铺大都打烊了，我们还在巷子里穿行。灯笼依旧红，犬吠声从院落里传出来，淡淡的木柴和蜂窝煤烟雾从窄窄的巷子里传出来，没有抱怨，反而觉得亲切，好像闻到了古城当年的气息。

文庙，关帝庙，县衙，大院，官府，平遥是一卷史书，我们无力打开。那就看一场演出吧，名字叫《又见平遥》，大型室内情景体验剧，是王潮歌的又一力作。清末的平遥，镖局、大院、街市、民居、广场，民俗世相，从纷繁的碎片中窥视故事的端倪。我们很少有机会去看一次这样的演出，这更像一个博物馆，或者说，更像一次穿越。我们有时候是一个看客，有时又是一个亲历者，在古老与现实中穿越，在故事与剧场外的街巷里徜徉。

《又见平遥》独特的沙瓦剧场，撼动心灵的剧情，行走式的观演模式，穿越情感的情境体验，淳朴的民俗文化，特别是那句“我们做的不是生意，是诚信”的台词，尤为经典。故事诉说着那一段血脉传奇，延续着令世人推崇备至的、厚重的晋商精神与中华民族传统文化之精髓。

“您贵姓？您从哪儿来？您还记得您的爷爷、太爷爷的名字吗？”走出那如书卷般造型的剧场，我还在回味着这几句台词，强烈地震撼着我的心灵。

是的，我们在浮躁与喧嚣中，把很多东西都遗忘了，包括我们的列祖列宗。当然，遗忘得不仅仅是这些。平遥，还是一面镜子！

《又见平遥》本是一个很悲壮的故事，而演出选择了最美的桥段。“桃花花依旧红，杏花花依旧白……”接近尾声，一首婉转的山西左权民歌《桃花红杏花白》，唱得我满含泪水。

2014年11月14日　初稿于平遥

进大院

王家归来不看院。

——题记

王潮歌的大型室内情景体验剧《又见平遥》，演绎了千年前古城里赵家大院的血脉传奇和兴衰史，成为晋商的一个缩影。其中一句台词，向我们提供了这样一个信息：在山西，像这样的晋商大院当年有3 000多个。

朋友说："到了山西一定要看大院，不然，就等于没来。"由此看来，"大院"一词在山西，在中国，乃至世界，已经成为晋商的品牌和代名词。

史料记载，晋商开始出现于尧舜时代，到了明清时期达到了鼎盛，足以富可敌国。勤俭、诚信、团结的作风，严密、科学的经营管理制度体系，一步步将晋商的事业推向高峰。晋商极少举家迁移至他乡，往往一人在外苦心经营，留家眷在原籍，讲究的是"发财还家盖房置地养老少"。于是便有了那么多奇迹一般的大院，它们的豪华气派是晋商实力最好的证明。其中，最精彩部分，当属集中在晋中一代的晋商豪宅大院。

这些"有声音、有色彩、有温度"的凝固音乐，成为晋商500年兴衰史的见证。大院里的一砖一瓦、一镂一刻，每个细节和局部都有着晋商文化交织其中。朋友说，去灵石市静升镇的王家大院看看吧，商业气息还不太浓，对文化人更具吸引力。

进入静升镇，举目就能看到建在山坡上的大院。走上山腰，但见牌楼高大壮观，大红灯笼在秋风里摇曳，未进宅院，便可见“王府”气派。穿过寓意为“凤”的第二布局，我们站在“龙凤”相连的桥上远望，对面就是海拔2 000米的绵山山脉，近处有小河流淌。山脚下的简易民居与头顶上的深宅大院形成鲜明反差。

我们随导游走马观花，但也从其解说中对大院了解了一二：王家大院巧妙地将其姓氏和前辈对子孙加官晋爵的热望寄托其中，以其内部相通之甬道呈现“王”字格局。将建筑物布置成一个王字，符合天人感应、天人合一理论。王家姓氏与儒家思想在王氏大院中巧妙糅合一起，可谓是抢占天时地利人和之杰作了。

走在王家大院，你就像在欣赏一件精美的建筑、人文的艺术品。院内俯仰可见的砖、木、石雕刻异常精美，建筑构建无不精雕细刻，每个门墩、石础都堪称艺术品。

当然，这里最具感染力的还是王氏世袭对文化教育的尊崇和修身治家的道法。在最早建造的第一布局“龙”宅里，有私塾小学，还有中学。楹联匾额、雕梁画栋、照壁屏风，无不透出书卷香气。“继祖宗一脉真传克勤克俭，示儿孙两条正路惟读惟耕”“胸藏丘壑瘠地亦有韵味诗味，兴寄烟霞僻乡岂无花香墨香”“做无品官，行有品事；读百家书，成一家言”我用手机把这些楹联拍下来，不仅是为了品读，更是为了补课与传授给我的儿子。

“王家归来不看院”，规模气势国内罕见，建筑艺术叹为观止，我时时地赞叹，引朋友一个劲点头。

走在大院中间，也就是“王”字中的一竖，我停了下来，用手机写下了如此感慨：“神州灵石有华章，王府龙凤呈吉祥；四世传承筑基业，百年大院透书香。”

在晋商众多大院中，王家大院无疑是幸运的。那些显赫一时的晋商家族当年无一不在不遗余力地为自己也为子孙后代营建一个归宿，但不是所有的晋商大院都能够保存到今天，有的大院虽然依旧能够找寻，但颓垣残壁之间，早已难觅当年的风采。它们或散落在山间、村落，或废弃在田头荒野。大同县落阵营村的吕家大院可能就是其中一个并极具代表性。

夕阳映照着残垣断壁，越发显现出黄土高原的昏黄色彩，悲凉或悲壮成为这个时刻的主基调。大院南院是主院，破旧的大门上了一把锈蚀的锁。我把门推开一道缝隙，用手机拍下一张照壁上的图案，很是清晰。

回来后，我在网上查到这幅照壁上题有一首诗："桃杏花开日正长，红莲不觉依池苍，黄花别我无多久，一树寒梅又放香。"借用桃、莲、菊、梅，寓意一年四季，春夏秋冬，教导子孙把握四时节令，不违农时，珍惜时光。

我的朋友是当地小有名气的民俗摄影家，他告诉我："吕氏家族真正的兴起，应该从乾隆末年的吕庆说起，此君勤劳吃苦，精明能干，又精通诗书。"吕家大院曾经很是辉煌，到现代还出了军官和富商，其名气、气派不亚于乔家大院、王家大院等。只是无人问津，才落到如此破败的程度。

进王家大院，出吕家大院，相同的经历，不同的结局，让我有了些许思考：晋商大院是一段历史。大院可以建造和修复，但历史不可复制。列祖列宗用他们的智慧和勤劳，记录了历史并传承下来，给后人留下了宝贵财富和赖以生存的饭碗。而今天，我们又能给后人留下什么呢？！

入寺晋祠

地下看陕西，地上看山西。

——题记

看什么，怎么看？当地的朋友说，来山西，除了看古城、看大院，一定还要看看这里的祠、寺、观和庙宇，它们同样也是山西厚重历史文化的组成部分。看与不看，与信仰无关。

至于怎么看，这倒是个问题。我们不是考古专家，也不是学者，只是作为观光客，“到此一游”而已。虽是蜻蜓点水式的游览，但不能看了一无所获。

作为地理性标志的古迹名胜，咱也别装清高，别人去了，咱也去；当然，我更喜欢那些鲜为人知、别人不愿意去或想去也去不了的地方，哪怕是穷乡僻壤。对此，我和当地的朋友一拍即合。

在太原，自然要到晋祠，因为“不到晋祠，就等于没来过山西”；在大同，一定要去悬空寺，因为这是国宝和世界文化遗产。当然，我们顺路还去了永祚寺和浑源县永安镇神溪村的“律吕神祠”，至今那里还是一片“静土”。

在山西秋季是入寺晋祠最好的季节。树叶在纷纷飘落，尚有绿草青青，或祠或寺，都是那样清净。虽听不到晨钟暮鼓鸣响，但也闻得风铃声声、鸽哨阵阵，平添了几份神秘色彩。到了永祚寺，已是黄昏时分，整座寺院一片宁静。仰望着全国唯一一座由砖结构建筑而成的双塔，夕阳西照，沐浴着金色。我用相机拍下的晚霞映古塔的剪影，犹如佛光从塔底开始升腾。

这是一个能让心平静下来，好好翻阅史书的绝佳季节。旅游大潮退去，不再拥挤，不再喧嚣，你可以尽情地放慢脚步，倾听远古的声音，与逝去的先人作一次心灵的对话。这是多么绝妙的意境。“殿前无灯凭月照，山门未锁待云封”，晋祠这般诗情画意。“晋阳第一泉”的“难老泉”，在北齐时，以《诗经·鲁颂》中的“永锡难老”的诗句命名的。自古以来，清泉畅涌，泉声四溢。我用泉水洗了一把脸，真清真净真是爽，对诗人李白“晋祠流水如碧玉，百尺清潭写翠娥”的诗句，也有了深深的感悟。

这又是一个清醒地拾捡历史文化碎片的季节。我们顺路走进了浑源县永安镇神溪村里的“律吕神祠”，普通的晋北村落里竟然深藏着国宝。

据介绍，这座祠庙距今已有1 500多年的历史，元、明两朝曾经对其修葺过。祠庙三面环水，一面临村，孤立高耸、兀然挺拔，庄严肃穆、别具一格。

祠庙大门被一把锈蚀的铁锁锁着，一扇门上有几个粉笔字：想开门，打电话××××××。我们正要打电话的时候，一老汉走了过来。他是为祠庙看家护院的。

老汉是当地的村民，常年吃住在这里，每月300块钱。他带着浓重的地方口音说：政府让哦（我）看着，哦（我）就得看好。

祠庙里供奉着水母娘娘，仪态可亲。这祠庙因她而建，与之有关的故事流传至今。

我环顾四周，这里环境优美，芦花荡漾，一泓清泉就在眼前，千年不竭。古老的村子坐落在山坡上，破旧的窑洞已无人居住。砖瓦结构的民房大院里，晾晒着刚刚收成的玉米，金灿灿、黄澄澄，与祠庙的青砖灰瓦相得益彰。

秋风不觉凉，古刹风铃响。白云悠悠，芦花飘荡，只觉尘世已远，禅意于心。我坐在门前的台阶上想，当年的诗人，每一个来踏青怀古的落寞文人，在陶醉于山水的宁静空灵、历史的沧桑厚重之际，其惆怅落寞，自然也流动于胸怀。只是吾辈难以理解，今非昔比罢了。

品读山西

其实，我对山西并不陌生。山西在太行山的西面，我的祖籍在太行山东面的鲁西南。虽然近在咫尺，翻过山便是，但是，半个世纪我不曾翻越，不是不向往，而是没机会。

山西是以产煤著称，有名的是大同煤矿；山西有个“杏花村”，是诗仙李白告诉的；山西云周西村有个英雄叫刘胡兰，是在小学语文课本上学到的。这就是我最初认识的山西。

后来，有了点文化，读了一些文学作品，开始走进马烽、赵树理这一帮“山药蛋”派作家群，心之向往《吕梁英雄传》《小二黑结婚》，还有丁玲式的《太阳照在桑干河》上。当然，牵引我目光的还是梁音、李亚林、金迪主演的电影《我们村里的年轻人》。当年，郭兰英深情地为家乡做着广告：“左手一指太行山，右手一指是吕梁，山西好风光！”

那时候，我时常在想，山是哪座山？西边离这儿有多远？

今天，当我从大东北真正走进山西，用心品读的时候才发现：过去的记忆与向往已是一去不复返了。马烽、赵树理等“山药蛋派”作家群，人们几近忘却；而林林总总的各色大院，以及晋祠、寺院、杏花村却日益火爆。“小苹果”的旋律已替代了“太行吕梁”的歌唱，一个“晋善晋美”的山西，不可能躲过浮躁和喧嚣。

我们在从太原去往王家大院途中，与杏花村擦肩而过。司机是我的朋友，

山西晋中人，对这一带特别了解。小伙子虽然是个理工科大学生，但是，知识面、阅读力和文学底蕴很厚，对杏花村的讲述让我心之切切。因为赶路，没有绕道而行，只好在车里意念“借问酒家何处有”，并与那牧童一道走进杏花林，醉卧其中。

穿越城市，走进乡村，从历史的隧道走进现实，我们在晋中、晋南、晋北中穿行，感受一个古老大省的变迁与律动。大同，可能就是一个标本。

大同不仅是煤都，还是古都、古城，在它的周边散落着不计其数的历史文化遗产和人文景观，这是我从前不曾想到的。云冈石窟、悬空寺都是世界文化遗产，在大同市区，时不时还能看到古长城的断壁残垣，还有停工搁置的尚待修建的“古迹”。

山西的文化现象在不同地区有不同的体现，历史遗迹也就有了不同特征。比如，在太原附近，各种叫“寨”的村落很多，据说是与其战略地位有关；在晋南地区，晋商发达，王家、乔家、张家等大院建设的较多；而在晋北，恒山之中，名家寺院、道观又很集中，浑源县境内的悬空寺当属代表。

人文如此，地理环境亦如此。在火车上，我们看到阳曲一带，沟壑纵横，著名的大寨就在附近。而晋中地区，可见一望无际的田野；在晋北大同附近，进入山区，连绵起伏，悬崖断立。当然，最让人叫绝的是大同郊区的“土林”，人间奇迹，千姿百态，叹为观止。

一片田野里，突现一个湖泊，水干了，“土林”出现了。太阳西下，穿过云层，照射在黄土的石柱、石山、石崖上，我们好像走进了楼兰古城。大片的芦花在风中摇曳，在秋阳下荡漾。尽管能看到城里冒着黑烟的烟囱，但是，我觉得已经远离了这个世界。站在一个高坡上，秋阳把我照射成一个大大的人字，倾泻在黄土地上，留在了数码相机里，也印在了晋北大地上。

了解一个地方，是从了解人开始的，对人的好感，往往决定着你对事物的好感；短短几天，岂能读懂泱泱大省，但是，对人的感受的确会让你走遍它的世界。这是我品读山西的一个体会。

我依然保存着对刘胡兰的敬意，所以，宁肯绕道，也要去她的家乡看一看；我依然敬仰马烽、赵树理，昨天还在家里看了老电影《我们村里的年轻人》，倾听着郭兰英深情的演唱；我依然向往着大寨、杏花村，那是成了我的一个牵挂。同样，我依然感谢我山西的朋友，他们的质朴、真诚、文雅，让我心存感激。

山西人很平静，说话不吵不闹，韵味很好听；山西人很真诚，朋友说，如果你打听道，他会告诉的让你很明白，生怕你走错了路。山西出好歌，也出好作品。

此时，冰城已是冰封雪锁；这里，却是冬阳暖暖。音乐响起来了，“桃花红来杏花白”的歌声在房间里荡漾。文字暂且到此，但是，品读山西，还只是开始……

2015年2月11日　《太原铁道报》

●北大荒素描

北大荒啊，我爱你

建三江，是北大荒的腹地。这里，不是我的故乡，可每当我们穿行在这里的时候，内心总是有一种冲动撞击我的心灵。

北大荒是一片神奇的土地，是世界上仅有的三块黑土地之一，是一部人类开拓荒原的史诗。

“第一眼看到了你，爱的热流就涌出心底……啊，北大荒，我的北大荒/我把一切都献给了你/你的果实里，有我的生命/你的江河里，有我的血液”。车里播放的歌曲表达了我的心声。

望着眼前的稻浪，望着绿色田野阡陌纵横和炊烟袅袅的村庄，望着稻田里勤劳耕作的人们，我的内心升腾起一种悲壮、一份豪情、一股力量。

我们在建三江的日子，恰好是北大荒垦荒60周年、三江旅游节开幕的日子。许多当年的拓荒者带着一个又一个或豪情、或悲壮、或凄婉、或忧伤的故事，来到三江平原凭吊他们逝去的青春。

整整60年，来自四面八方的转业官兵、支边青年、知识青年满怀豪情地奔向祖国的东北角，奔向这被称为北大荒的地方。

拓荒者的脚步，撼醒了长梦久远的亘古荒原。1957年以来，这个昔日人迹罕至的北大荒，渐渐地成了“中华大粮仓”。

“早起三点半，归来星满天；啃着冰冻馍，雪花汤就饭；走着创业路，不怕万重难。吃苦为人民，乐在苦中间！”

司机告诉我们："在绿树掩映的田间和村庄，在农场场部的烈士陵园，埋葬着很多当年牺牲的转业官兵和知识青年的年轻生命，包括像金训华这样有名的烈士。"

穿行在三江平原，我的眼前浮现出早年小说里描写的那些令我心动的故事，浮现出我在佳木斯看到的"知青回顾展"的一些壮烈的情景，浮现出那些只有十几岁、还没有我的儿子年龄大的孩子们所经受的一切。

"今夜有暴风雪。"

"今昔人归何处？"

"北大荒的历史变迁，就是一部壮丽的诗句。每一寸土地上，都刻写着闪光的诗句。这部史诗的作者，正是那些千千万万的垦荒人。"

正是这些拓荒者，用他们的青春、用他们的汗水，用他们的生命，书写了十七万北大荒人对祖国和人民的一片赤诚！

曾到北大荒参加屯垦的诗人艾青用一首《烧荒》，表达出北大荒人的满怀豪情：

"快磨亮我们的犁刀，犁开一个新的时代！"

1962年，诗人郭小川到北大荒采访，发表了著名的《刻在北大荒的土地上》的诗歌——

"继承下去吧，我们后代的子孙。
这是一笔永恒的财产——千秋万古常新；
耕耘下去吧，未来世界的主人！
这是一片神奇的土地——
人间天上难寻！"

我们在富锦通往同江的公路上，一边品尝着老乡的西瓜，一边和年轻的瓜农攀谈起来。夫妇俩笑得比瓜还甜。

他们已经把刚刚上小学的儿子送到了条件优越的城镇学校，在路边卖瓜，就是为儿子挣学费。

"我们文化不高，不能让儿子再没有文化了。"

"北大荒变了！"

是的，北大荒变了！

如今，展现在世人面前的是一个蓬勃向上、充满生机的米粮仓。

把太阳迎进祖国

东方第一哨，是我们在建三江要去的最后一站。她的神圣、神秘最能占据我们的心灵，也强烈地吸引着我们的向往。

东方第一哨在抚远县乌苏镇。乌苏镇在中国版图的“鸡冠”上。这里是黑龙江与乌苏里江汇合处的一个小岛。小镇东北长约500米，东西宽仅1000米，镇前濒临清澈的乌苏里江，隔江与俄罗斯哈巴罗夫斯克相望。从地球经度上看，它是中国疆域的最东端，是国人每天早晨最早迎来“太阳升起”的地方，故号称“东方第一镇”。每年夏至（6月21日或6月22日，凌晨2时10分），黎明就降落在这座“东极小镇”上了。

凌晨四点，当我们按预定时间去乌苏镇的时候，太阳已爬上树梢。当日凌晨一二点钟去看日出的游人已从那里回来，又进入了梦乡。尽管我们没有看到太阳最早升起的那一刻，但还是以急切和新奇的心情迎着太阳驱车赶往。

走出抚远县城，眼前豁然开朗。宽阔的湿地撒满阳光，郁郁葱葱的田野生机勃勃。汽车虽行驶在祖国的土地上，对面看到的却是异国山水。

在很小的时候，从小说上知道遥远的地方有个乌苏镇；在反修防修的那个年代，听说那里战事紧张得一触即发。如今，常常看到中央电视台从那里发回的报道，这更加激发了我对它的向往与热盼。

到了，终于到了——乌苏镇。到了，终于到了——东方第一哨！

小镇的尽头，是绿树掩映的营房。江水波光粼粼，雾气升腾。巡逻艇在江面上劈波斩浪，飘扬的五星红旗依稀可见。营房的大门对着江面，像是东方好汉敞开胸怀，迎风凛然。胡耀邦同志题的“英雄东方第一哨”，刻写在一面军旗飘扬的雕塑上，在江水映照下格外醒目。

“把太阳迎进祖国”“中国东极”“东方第一哨”，镶嵌的大字、矗立的界碑和江边飘扬的国旗都给这里增添了几分神秘和神圣。

当我们登上高高的瞭望塔，望着滚滚江水和江上巡逻的舰艇，身后是祖国，前方就是异国他乡，这时才真正感到什么叫神圣与庄严。站在乌苏里江边，我向儿子发了一条短信：“此时，我正在乌苏里江边，江水打湿了我的裤脚。在中国太阳最早升起的地方向你问好！”

乌苏镇，是中国最小的行政区域。听战士讲，这里最早只有一户居民，为了国防需要，他们搬出了小镇。现在，镇上只有这威严屹立的哨所和铁打的营盘与年轻的战士。

这里很静，游人寥寥。只有江水拍浪的撞击声和巡逻艇马达的轰鸣。而我们的内心并不平静——我们年轻的战士有的几年没有回家，在灯红酒绿的社会环境里固守心灵的寂寞，在并不为众人所知晓的弹丸之地镇守边关。

既然是来从军哟，
既然是来报国，
当兵的爬冰卧雪，算什么；
你有儿女情，我有相思歌，
只要是父老兄妹欢声笑语多，
当兵的吃苦受累，算什么。

告别了“东方第一哨”，我们的车里响起了《什么也不说》的歌声……

我登上了珍宝岛

2012年10月5日9时25分，我登上了珍宝岛，从此，实现了我少年时的梦想。

那里，至今还是军事管辖区，更多的游人只能在乌苏里江我方一岸看上几眼。

据介绍，珍宝岛本来没有岛，靠乌苏里江西侧一直和我国疆土陆路相连。只是江水千百年冲刷，形成了一个江岔。所以，坐当地渔政船不到2分钟就可登岛。

这个岛，只有0.74平方公里，如果没有那次珍宝岛自卫反击战，很难引起人们的注意。正是这个弹丸之地，英雄的守岛战士用鲜血和生命捍卫了国家的主权，谱写了一首壮丽的凯歌。

但是，对于我们这一代来说，对于像我这样的人来说，它是神秘的，又是悲壮的，更是神圣的。

因为岛上的一树一木，都是珍贵的。那是一本教科书，又是一部军事史，还是值得回味的人文史诗。

我们在原来的“军嫂饭店”里，看到了一段只有十几分钟的纪录短片。了解到了珍宝岛自卫反击战的来龙去脉，真实地再现了当年的战斗场面，越发感到珍宝岛确实宝贵，祖国领土宝贵。

链接：珍宝岛

珍宝岛位于黑龙江省虎林市境内的乌苏里江上，长约两公里，因形似元宝，故名为珍宝岛。此岛位于主航道中心左侧，自古以来就是中国领土。原是从中国方面伸入乌苏里江的半岛，后来经过长期的水流冲击，才成为一个小岛。现在每逢夏季枯水期，珍宝岛还与乌苏里江的中国陆地连在一起，恢复原来的半岛面目。在乌苏里江上作业的老一辈中国渔民，称珍宝岛为“翁岛”。

边境线上的七彩画廊

歌唱家郭颂先生题字的石刻就被立在虎头镇的乌苏里江边。站在这里，我们不由地哼唱起那首《乌苏里船歌》。

登上瞭望塔，异国风光尽收眼底。对岸俄罗斯与我齐观秋色。

秋高云淡，水天一色。边境没有纤尘和浮躁。天地之间，我心飞翔。

虎林，虎头，虎啸两岸；辟邪，镇妖，威震边关。

平静的江面，难掩暗流涌动。既是界江，必有纷争。

虎林镇江边公园中的一座造型，我们猜了很久，也没有整明白它想表达的准确含义。

缤纷飞落，满地风景，没有秋风萧瑟的败落，只是觉得悲壮。

没有朝霞，只有阳光，穿过晨雾，撒在江上。

一座军事高地，可以眺望远方。每登上一个台阶，我们就感到愈发地沉重。

人在画中游，画在人心上。这哪是五花山，分明是七色光。

穿行在秋天的北大荒

昔日的北大荒，如今名副其实的米粮仓。

9月的北大荒，处处辉煌，一片大丰收的景象。

“塞外鱼米香，中华大粮仓。”“耕作在广袤的原野上，居住在现代化城镇里。”我们在858农场沿途看到的那一幅幅巨大广告牌，骄傲地向世人宣告这里的丰饶和富庶。

每次经过这里，都有新的感觉、新的发现。尽管季节不同，但是，那天高地阔的原野，总是让人觉得心比天大。

这是一幅画，难以画尽三江平原之美；

这是一首诗，只有起伏，却难以分行；

于是，我叩拜大地，问道：

天上有没有北大荒？

三江合一，博大为怀

您听说过三江同为一水的故事吗?您想看一看三江融为一水的壮观景色吗?当您真的见到这一切，又会有什么样的感想呢?

我见到了，感悟到了，而且不止一次。每次都有新的发现、新的感觉、新的体会。

站在黑龙江省同江市“三同公路”零公里处，凭栏而立，把江临风，我们看到了松花江与黑龙江交汇的景象。两江经过长途的跋涉，在这里放慢了脚步，也不知经过了多少较量，终于因势均力敌，便相拥相伴且互不相让地并肩齐驱，一路奔腾直到尽头。

松花江与黑龙江相融了。三江口是松花江与黑龙江的汇合处，位于同江城东北4公里处，汇合后俗称“混同江”，故名为“三江口”，黑龙江自西向东流去，水呈墨绿色，平缓而坦荡；松花江泥沙多呈黄色，黄色的松花江与黑色的黑龙江汇合后的江水汹涌澎湃，水色分明，东流数十里而不混，是东北地区著名的自然奇观之一。

“同江”“合江”“三江汇合口”“建三江”等地名在悄悄地告诉远来的客人，这里可以让您真正领略到海纳百川的博大情怀。

天下哪有不容的水火？条件和环境具备，水也可以燃烧，火却显得暗淡。

江水融合了，民族也融合了。当他们成为一个命运共同体的时候，生存就摈弃了许多杂念。几百年来，这里聚居着很多少数民族，赫哲族就是众多少数民族的代表。

除此，这里还聚居着满族、蒙古族、达斡尔族、朝鲜族、俄罗斯族等众多少数民族。

接待我们的是街津口医院的王大夫。她告诉我们，当地学校的教学仍以教汉语为主，教孩子们学说普通话。她和她的丈夫都是汉族，和当地的少数民族相处甚好。这里的人们已没有民族之分，因为民族间已通婚，血脉相通。我们在这个中国独具赫哲风情的乡村里，已无法从衣着、语言和面部特征上来识别汉族与赫哲族的区别。

从建三江匆匆掠过，我们依稀感到当年三江大地的贫瘠、艰苦和悲凉，想象当年成千上万的知青是怎样的“悲壮付出”。他（她）们把青春，甚至把生命都献给了这里。当然，他（她）们有的在这里安了家、扎了根。

三江大地接纳了来自全国各地的热血儿女，三江大地也给了像姜昆、张抗抗等众多名人的灵气和勇气。

三江以“海纳百川”的博大精深，积聚、沉淀了独具特色的“北大荒”文化。

三江合一，博大为怀。

界碑　界江　边境线

大约是在1992年7月，我参加了一个文学笔会，第一次来到了满洲里国门。抬头就能看到对面苏联国门和上面醒目的“**РОССИЯ**”的字样，那是苏联的俄文缩写。

中俄国门靠我方一线，有一座界碑，界碑为49号。

从那时起，开始了我的中俄边境东北一线之旅。因为我在内蒙古和黑龙江工作，有更多的机会到那里去转转。

2012年10月长假，我终于来到了虎林口岸，登上了珍宝岛，实现了我当年的愿望。从1992年7月到2012年10月初，正好是20年多一点。

这样说，该是一个巧合。当然，也是一种必然。

我没有计算过满洲里到虎林的直线距离。因为，边境线是曲折的，所以难以统计。再说，计算这个东西也没有实际的意义。因为，我不是用一次旅行来完成的，而是见缝插针，断断续续。要不，怎么能用这么长的时间，走完如此短的路程。

20年来，我确实沿着额尔古纳河、黑龙江、乌苏里江，曾经到过西起满洲里，中到吴八老岛、黑河，东至虎林、珍宝岛等与俄方接壤的一些节点，接触到了俄罗斯族、鄂伦春族、鄂温克族、蒙古族、朝鲜族、赫哲族等民族，领略了不同的少数民族风情。如果在地图上连线看，那我就等于在鸡冠上整整走了一圈。

对面的那个国度让我充满了好奇和神秘感。

我知道苏联早已解体，俄罗斯继承了其衣钵。但是，20年前，苏联国门上的那六个金色字母历历在目，最早“认识”这个国家的记忆并没有随历史的推进而消退。

苏联那些大作家的作品深深感染着我们这一代人。高尔基、列夫·托尔斯泰、果戈理、尼古拉·奥斯特洛夫斯基等等。能脱口而出的作品如《海燕》《我的母亲》《安娜·卡列妮娜》《钢铁是怎样炼成的》《青年近卫军》《这里的黎明静悄悄》，还有那些好看的电影和好听的歌曲，一切的一切，都在我幼小的心灵里扎下了根。

所以，我很向往那里。

当我站在中俄边境线上，总是在想，那边的俄罗斯是个什么样子？他们是怎样的生活状态和怎样的人文环境？为什么能出现那么多不朽的文学文艺作品？列宁同志的故乡又是个什么样子？

2001年9月，我终于跨过黑河，到了俄罗斯的国土上，远东最大的城市——布拉戈维申斯克。我们在秋阳下，游览列宁广场，拜谒苏联红军烈士墓，在列宁大街上，和拉着手风琴的老战士唱起了《喀秋莎》。当然，最难忘的还是那个只有19岁的阳光灿烂的小导游——娜莎。

那年，她18岁，很喜欢中国。但是，她也同样爱着自己的祖国。

只有亲自抚摸那一座座界碑，才知道，什么是尊严。

在我年少的时候，我时常和我的伙伴们躺在农家的草垛和场院里想中国有多大？哪里才是边啊？国家的边上到底是个什么样？

是命运的安排，还是一种巧合，我一直生活在东北，恰恰又在北部边陲靠近俄罗斯一带。

20世纪70年代中期，我在内蒙古大兴安岭读书，后来参加工作。由于山区和边境的原因，内地的广播信号十分弱，而苏联的广播信号却很强，时不时传来“莫斯科广播电台”的声音。

那时，我不明白，我们的心离祖国的心脏很近，但是苏联的广播为什么这么清晰？！

后来我参加工作，革命觉悟大增，基本上达到了“政治上成熟”程度。上瞭望塔，踱步在界江，荡舟在界河，抚摸着界碑，我们对两国做着种种对比和各种时局变化可能的猜测，还有一个共同的使命——守卫疆土，必须时刻准备着。

当然，最感兴趣的还是在珍宝岛看到的那句话——毛泽东同志说：“人不犯我，我不犯人；人若犯我，我必犯人！”

看到界碑，我都要亲切地抚摸一下，体会到的是一种温度。从满洲里的界碑，到虎林的292号界碑，尽管都是一个模式，一个规格，一种颜色，但是，我还是不知多少次地在界碑前拍照留念。因为，界碑的后面，或者是一侧，就是另一个国度了。

这是你在闹市中，或在内陆地区，无论怎么想象也感受不到的一种神秘感和神圣感，更不会联想到国家神圣的尊严。

有的时候，我甚至是天真地在想，当老师的时候，对着书本上和只有巴掌大的地球仪，给学生讲国家，讲边防，是多么的可笑。如果是今天，如果还有可能再当一次老师，能不能把我的学生带到边境线上，实地讲解，那该是多么生动的一堂课啊？！

那一年冬天，我们到了北极村，几个文友大呼小叫地奔跑在冰封的黑龙江上。这时，领队的朋友，大声呵斥我们，越过界江中心线，对面军人就要开枪了。果然，我们发现对面的俄军瞭望塔上有望远镜盯着了我们。

大冬天，我们被吓了一身冷汗。

这就是边境。

即使是在和平时期，边境依然是严肃的。没有军方的同意，我们是不能登上瞭望塔、巡逻艇，走进观察哨和哨卡的。所以，我很少在边境和军人的合影，这是军队的纪律，也是人民的自觉。

正是这一切，让我们感到了军人的责任，也感到了边境与界碑的尊严。

边境的风情，真的是迷人。

在边境，我经历了春夏秋冬四季。

边境，虽远离闹市、远离人群，但大都尚未开禁，很多的游人很难来到这里，所以，这里的宁静成为了一种美。

冬天的北极村，就是一个童话的王国。黑龙江成为一条静卧的白龙，对面的俄罗斯的伊格纳斯依诺村，和我国的大兴安岭一样，板杖子把雪的大地分隔开，木刻楞房子上炊烟袅袅，偶尔能看到孩子们的打闹和军人的汽车驶过。

给我印象最深刻的还是那年夏天，我们在黑山头度过的一夜。呼伦贝尔草原静了下来，能听到牛羊咀嚼的声音。阵阵草香，熏得我们难以入睡，大家都在院子里转悠着。不远处的一个村子里，灯火闪耀，时不时传来手风琴的和声和悠扬的歌声。

当地的人们告诉我们，那个村子里都是俄罗斯人或混血儿，唱歌跳舞是他们生活的本能。边境的宁静，被歌声打破。但是，草原的美丽夜色多了几分温馨和活力。

那一年，我陪北京来的客人到抚远镇。我们告诉酒店的老板，明早四点多，要到“东方第一哨”看日出。老板哈哈大笑：开什么玩笑？凌晨两点多，天就大亮了。四点再去，那就是晚“三春”了（东北方言，就是太晚了）。

我们太早起不来，仍按计划不到四点的时候出发，结果，我们还是去晚了。九月份的黑龙江边，冻得我们瑟瑟发抖。北京来的女客人，只好把准备好的枕巾，裹在了头上。

如今，这里已经不再是“东方第一哨”了，因为，黑瞎子岛又把我们的疆土向前推进了一大块。

今年秋天，我们到了虎林，来到了东方红，登上了珍宝岛。途中的景色，临江的风情，岛上的神秘，把我们从里到外醉得一塌糊涂。

边境的风情，是我们常年生活在内地的人想象不到的。而我，这次看到了，更是感悟到了：

三江水牵动今生情怀，
二十载放不下的追求。
边境风云翻卷春夏秋冬，
一路风光尽在我的心中。

2012年11月3日　新浪博客

第四辑　履痕拾印

初上井冈山

（一）

久有凌云志，重上井冈山。

1965年，还是孩提的我，就被毛主席的《水调歌头·重上井冈山》里描写的井冈山的唯美和当年毛主席率部队上井冈山的磅礴大气所吸引并留下了极其深刻的印象。于是，我也寄托凌云志，今生上一次井冈山。

心诚则灵，多年夙愿终于在今朝实现。

我们以朝圣者的虔诚，冒雨觅寻竹林中当年猎猎的红旗和黄洋界上隆隆的炮声。

（二）

井冈山，位于江西省西南部，地处湘赣两省交界的罗霄山脉中段，古有“郴衡湘赣之交，千里罗霄之腹”之称。“井冈山，两件宝，历史红，山林好。”这里既具有辉煌的历史，又有绚丽的自然风光，革命的人文景观与优美的自然景观交相辉映，融为一体。

拾阶而上，我们首先登上了井冈山革命烈士纪念馆。大厅里摆满了敬献的花圈，上下楼层四面陈列、镌刻着毛泽东和朱德等建立井冈山革命根据地的领袖、将军和牺牲的普通战士的照片与残缺不全的姓名，让人感到心灵的震撼。

更多的游客驻足在贺子珍的大幅照片前。通过照片，可以看出年轻的她是那样洒脱、漂亮与聪慧。后来站在陵园里她的雕塑前，通过导游的解说，我们才知道，贺子珍真的是一个文武双全的女英杰，客观地说，是贺子珍为毛泽东建立井冈山革命根据地立下了“汗马功劳”，并由此走全国。贺子珍与毛泽东的感情笃深，毛泽东的丰功伟业也是验证了那句话：一个成功男人的背后，一定有一个伟大的女人。

井冈山是“中国革命的摇篮”，是一块“浸透着烈士鲜血的圣地”。1927年10月，毛泽东、朱德等老一辈无产阶级革命家率领工农革命红军来到井冈山，创建了中国第一个农村革命根据地，开辟了以“农村包围城市，武装夺取政权”的具有中国特色的革命道路。

“井冈山革命先烈纪念塔”高耸入云，沿阶而上，后面就是将军、文人墨迹的碑林，竹林掩映，庄严肃穆，透出浓浓的敬仰与文化的气息。朱德委员长1962年重上井冈山时，挥笔题写了“天下第一山”。导游说：“这个第一并非是最高、最大的山，这里面包含更多的褒扬寓意。”

星火燎原燃神州，井冈精神耀千秋。

（三）

“过了黄洋界，险处不须看”。

黄洋界，距茨坪西北面十七公里，人文和自然景观融为一体。山顶海拔1 343米，这里峰峦叠嶂，地势险峻，气象万千，十里横排，高山叠影，时常弥漫着茫茫的云雾，好像汪洋大海一望无际，故又名汪洋界。1928年8月30日，著名的黄洋界保卫战就发生在这里，至今还保留着当年的哨口工事。

站在这只有十几米长、不到2米宽并渐已填平的战壕前，我的同行们戏说：如果蒋介石今天到这看到这一切，估计会把他鼻子气歪的。

炮台战地犹在，一门迫击炮锈蚀斑驳地安放在那里，四周是石块、原木的水泥造型。当年，毛主席就是在这里指挥战斗，击退了敌人的一次次进攻。据说，发了三枚炮弹，只有最后一枚击中了山下的目标，密集的枪炮声原来是水桶里的鞭炮声。

“山上旌旗在望，山下鼓角相闻。敌人围困万千重，我自岿然不动……”十分简陋的武器装备，甚至手持长矛、梭镖却取得了巨大的胜利，最终成为燃遍中国的星火。毛泽东的英雄气概足以感天动地泣鬼神。

这正是我敬仰他、崇拜他的所在。

（四）

在井冈山，每一条山路、每一座山头、每一个民居都会有一个传奇的故事。在毛泽东旧居、在中共井冈山前委旧址，在毛、朱担粮的山路、在王佐故居，在茨坪……多少传奇的故事与神秘待我们今天了解。

2006年，我在延安朝圣就有了这种感觉。今天，这种感觉越发强烈。

从当地的资料上我了解到，井冈山有保存完好的革命旧址遗迹达100多处，其中24处被列为全国重点文物保护单位，3处被列为省级重点文物保护单位，35处被列为市级文物保护单位。因此，井冈山作为全国爱国主义教育示范基地之一，业已成为进行革命传统教育和爱国主义教育的理想课堂。

（五）

走进井冈山，我感到了浓浓的“红色”情结。

年轻的导游，是个土生土长的井冈山女孩，她的爷爷就是老红军。她对家乡充满了自豪与热爱。用井冈山普通话流畅地向我们讲述这里曾经发生的一切，很认真、很投入、很干练，我们在她的激发下竟高兴地在通往黄洋的山路上唱起了“红歌”。

在“圣地宾馆”，我们喝到了南瓜汤、吃上了红米饭、端起了“红军可乐”（当地的一种果酒）。

走下井冈山，我们在新区路口一面“井冈山”红旗的雕塑前离别合影。真的有些不情愿离开，因为还有许多在我们心里挥之不去的地方没有走到。

我认为，作为一个国人，是应该要到这个地方看看的——不仅仅是因为这里的空气是净化的。

“上井冈山伟大，从井冈山下来更伟大”，碑林中一位学者的题词让我宽慰与释然。

雨中延安

走进延安，已是黄昏。我们不顾一路颠簸疲乏，像孩子急着扑进母亲的怀抱，旋即走出杨家岭宾馆，在暮色中冒雨寻访。

漫步在延河边，望着岭上窑洞里错落闪烁的灯火，我们极力清点着儿时记忆中的每一处碎片，搜寻珍藏在心底的每一个与这块土地有关的故事，更多的是神秘、崇拜与敬仰。

第二天，雨还在下。大雨没有阻挡我们千里来探寻圣地的脚步，踏着泥泞，真想走遍延安的每一个角落。

在中共七大礼堂里，坐在先辈们曾经坐过的长条板凳上，无时不在感受着革命志士的豪情。在鲁艺，抚摸着毛主席在延安文艺座谈会上讲话时用过的讲桌，看到《兄妹开荒》《白毛女》等当年现场演出的剧照，澎湃的青春气息扑面而来。在杨家岭毛主席旧居外的小石桌旁驻足，想象着主席当年与美国记者安娜·路易斯·斯特朗谈话时的情景，“一切反动派都是纸老虎”的著名论断展示出领袖雄踞深山而将世界风云融入于胸的博大情怀。

枣园，风景秀丽。园内果树密匝，环境幽雅宁静，毛泽东、朱德、周恩来等一代伟人就分别住在依山修建的窑洞里。收入《毛泽东选集》的158篇文章，有112篇是在延安和陕北的窑洞里写的。伫立在《为人民服务》的手稿面前，沉思在字里行间，我的眼前浮现出毛主席与杨家岭农民亲切谈话时的情景，领袖的和蔼可亲像枣园里的幸福渠水一样滋润着人民群众的心田。

很小的时候，从书本中，我就记住了滚滚延河水、巍巍宝塔山和充满了魅力的枣园。如今，走进它，每一孔窑洞、每一幅场景、每一个人物、每一篇文章和每一张照片，都是那么熟悉、亲切和温暖。纺车、土炕、油灯、桌子和木凳，延安的每一寸土地都蕴含着革命先辈们用鲜血孕育成的延安精神。

在大西北的黄土高原上，在一个光秃秃的山窝里，一群民族英雄，靠自己动手，丰衣足食；靠土布衣，红米饭、南瓜汤，在这里创造着让世界为之震撼的人间壮举。他们运筹帷幄，决胜千里，领导和指挥了抗日战争和解放战争，奠定了人民共和国的坚固基石，培育了永放光芒的延安精神。

宝塔山，翠柏掩映。“几回回梦里回延安，双手搂定宝塔山。”正是这始建于唐代的六角形木塔，正是这山下战斗的歌声，呼唤着一群又一群热血青年，沿着陡峭的山间土路奔向这里。

从儿时起，延安就是我心目中一块神秘、神奇而又神圣的土地。今天，我来到延安，了却了多年的夙愿。

今天，来朝圣。今生，魂梦牵！

深山里有没有住着神仙

我一直认为但凡名山大川里面总是住着神仙的。作为一个梦想，我一直向往着看看神仙到底是个什么样子。

可当我到了鹰潭三清山、南昌井冈山、焦作云台山的时候，我的期待落空了。山，确实是名山，但没有见到神仙。

索性就把自己当作神仙吧，在深山峡谷里和云雾蒸腾中游荡。

险中有柔的“三清山”。三清山因玉京、玉虚、玉华三座山峰高耸入云，宛如道教玉清、上清、太清三个最高境界而得名。

上了索道，刚走不到5分钟，我的心就揪起来了。缆车随山势起伏了六七次，动荡中越发险峻，每一次都让人惊叹，有的游客不敢往脚下看，索性闭上了眼睛。

要说险，还是那环山栈道，像是一道海岸线。这里的“海”其实是汹涌的云海。海岸线是依崖而建，贴壁而绕的高空栈道，远望像是一根绳子捆着山体一样，悬在高空，虽然安全，但绝不可闲庭信步。那天，飘着蒙蒙细雨，云雾像蘑菇状迅速从谷底升腾，慢慢荡漾开来溢满了整个山谷。踏云而行，飘云若仙，惊心动魄中有真的当一回神仙的感觉。

云雾渐渐散去，一座座山头若隐若现，阳光照在上面，云蒸霞蔚，紫气缭绕。导游告诉我们：“这样的景观并不多见，仙气附在了我们身上，会有好运的。”

三清山，很有人性。不在于现代人的命名，而是每个山形都是惟妙惟肖、形神逼真。这其中当属女神峰，巨石宛如一少女端坐其上。眉毛、眼睛、鼻子、清晰可见，栩栩如生，惹人喜爱。特别是在“少女开怀”的一座山石前，游客饶有兴致地比划着“少女”开怀的凸显点。两‘峰”前排队拍照留念的人络绎不绝。

难怪道家选中了这里！

大气豪放的井冈山。到了井冈山正下着蒙蒙细雨，我们坐的中巴车在蜿蜒的山路和低矮的云雾中穿行。

南昌铁路局的同行告诉我们，井冈山，有着良好的生态环境和优美的自然风光。井冈山风景名胜区面积为261.43平方公里，分为11个景区，76个景点，460多个景物景观。

一路走来，身居其中，我们不停地惊叹。这里，千峰竞秀，万壑争流，苍茫林海，飞瀑流泉，融雄、险、秀、幽、奇为一体，峰峦、山石、溶洞、温泉、珍稀动植物、高山田园风光应有尽有。

在三清山，我们是一路走高，而到了井冈山则是渐入低谷。井冈山大瀑布，直泻而下，冲击声在整个山谷里迸发出金属般透彻的回响。在92米高的瀑布上，形成赤橙黄绿青蓝紫的七色彩虹。我在这座“天然的大氧吧”面前大口地吸吮着清新的气息，久久不愿走开。

走进井冈山，就会感受到山是青的，水是绿的，天是蓝的，空气是甜的。这里有堪称世界一绝的十里杜鹃林。十里杜鹃，漫山遍野。别处的杜鹃是灌木，而井冈山的杜鹃却是乔木型的，它们每棵都高达十五米以上，干围一米左右，开出的花朵呈五角形，大的如碗口，小的像纽扣，有的一棵树上竟开着几种颜色的花。我摘下一朵含在嘴里，甜到心里。

仙女潭，潭水瀑布形成少女的侧影，鬼斧神工、飘然若至；气势磅礴的井冈山云海，变幻莫测、多姿多彩，有时还会形成海市蜃楼；还有被载入百元人民币图案的井冈山主峰……当年郭沫若先生畅游井冈山后，发出“井冈山下后，万岭不思游”的感慨。

在井冈山，最让你感动有阳刚之气的还是那挺拔的翠竹。遗憾的是，今年初的那场罕见的大雪摧垮了它们的身躯，痛苦地躬身在那里——我们似乎听到了一个男人在痛苦地呻吟。

壮哉，井冈山！

奇特壮观的云台山。云台山在河南省焦作市境内，是一处以太行山脉丰富的水景为特色，以峡谷类地质地貌景观和悠久的历史文化为内涵，集科学价值和美学价值为一体的科普生态旅游精品景区。云台山以山称奇，以水叫绝。但是，很遗憾，我们没有也不可能看到瀑布飞泻——因为太行山一带太缺水了。

红石峡是云台山的代表，被称为中原第一峡。集秀、幽、雄、险于一身；泉、瀑、溪、潭于一谷，有“盆景峡谷”的美誉。这里的地质很有特点，石头大多是红褐色的，游人大多是弯腰或低头在悬崖或绝壁下走过，稍一抬头就有可能“碰壁”。有的孩子和年轻人因得意忘形而被碰得大叫或大哭。

据说，云台山主峰茱萸峰海拔308米，唐代大诗人王维在这里写下了“遥知兄弟登高处，遍插茱萸少一人”的千古绝句。但是，我有些怀疑，现在的我们来这里都很困难，那王右丞当年是怎么来的呢?

云台山里有个“小寨沟”，游人如织，我们走了一半就回来了。听登上了极点的人说：“不错，不比九寨沟逊色。”

又是遗憾!

三山回来尽开颜，除了自我，山里并没有住着神仙!

在南戴河的那几天

在夏秋之交，不，严格来说是夏季还在进行时、夏秋还没有完全开始交替的季节里，我在南戴河小憩了几天。

短短的几天，那是我今年，不，是近一几年乃至几十年来最感惬意的90多个小时。

不是因为它的风景，而是因为难得的逃遁与自我的宁静。

其实，我对北戴河和南戴河并不陌生。在20世纪80年代中期和90年代初，我先后两次到过这里。那时，人们的观念乃至那里的景色还没有像今天这样鲜活，原生态的海滨环境吻合了自己当初从大山旮走出来的那种原始印象与感观。

转瞬即逝。沧海桑田巨变，浮躁甚嚣尘上，避之不及的烦恼迫切需要有一个清静的环境，哪怕停下脚步是短暂的呼吸以使自己疲惫的身心得到片刻的歇息。

北戴河让我梦想成真。

我穿着拖鞋，裸露着一切从来没有裸露而且只有今天才能裸露的地方潇洒地招摇过市。不同肤色、不同种族、不同性别、不同腔调的人面面相觑，彼此淡然一笑。

我可以什么都不去想，又可以什么都去想。既可天马行空的冥想，也可睹思目人的念想。看海鸥、水鸟自由飞翔，想到他们的故乡在哪里；回忆起陈年往事，想到每一个人、生活的某一件事或某一句话。

我可以坐在沙滩上，孩子般地堆着沙丘，看海水冲刷过来把它们瞬间抹平。

我和俄罗斯的两个儿童一起堆起城堡，用手势进行着交流，海水带走了我们的成果，也带走了我们的快乐。孩子们的笑脸给了我极大的宽慰。

我可以躺在沙滩上，用热腾腾的沙子把自己掩埋，亲眼看到把自己“埋葬”的结果。我用内心的喜悦欢呼这“战斗”的胜利！

我一个人走在夜色下的沙滩上，听涛声阵阵，望渔火点点。于是，我在想：凡世上的事物都是有生命的，大海的呼吸只有在此时才能聆听到。

一个朋友告诉我：两个心意相通的人，即使什么也不说，面面相觑，也是最好的交流。这是何等的一种境界。一个人与另一个人交流是需要用心的，海水哗哗打来，也是在与我交流。海水慢慢抚摸着你的脚丫，不也是一种交流嘛！

我一个人漫步在清晨的海岸线，观日出、看涨朝、捡海贝，处处能闻着浓浓的海的气息。

我是一个喜欢热闹且走过了浪漫季节的人，但此时，我想饱览这份宁静，制造心里的浪漫，让心与海鸥一起飞翔。

我把这一切通过信息传递给我远方的朋友，让其与我感同身受。

这时，我想，幸福完全是可以制造的啊。学会制造幸福，更要学会品味与享受幸福。

哦，幸福原来就是这么简单！

知了在岸边的树上不知疲倦地叫着，好久没有听到这美妙的音乐了。这让我勾起了对故乡的怀念，想起童年往事，几分惬意中又多了几分感触。

我想着《青春之歌》里描写的大海与在海边或歌唱或徘徊或消沉的那些人……

我吟诵着“让暴风雨来得更猛烈些吧”，追寻海鸥的飞翔……

我渴望看到“老人与海”，想和他们交谈……

我什么都不想了，于是感到——我就是我！

2008年8月　南戴河

秋天，布拉格维申斯克的街头

娜莎，是我在俄罗斯布拉格维申什克市（“布市”）认识的一位俄罗斯女孩。她是我们的导游。8年前，她刚19岁，是这个城市里一所大学二年级的学生，学的专业是中国汉语言，她能说一口流利的汉语。

她长得很甜美。大约1.76米的个头，修长、清瘦，金发碧眼，举止文雅，脸上总是带着微笑。文化的底蕴让她的美在主动热情而又含蓄中流露出来。

这里的环境一般，但很原始，车辆不多，没有栉次鳞比的高楼大厦，错落有致的房舍掩映在浓荫之中。生活在这里的人们给我的感觉是安详、怡然。

娜莎告诉我，这个只有十几万人口的城市就有3所国立大学。她的父亲是高级工程师，母亲是教师，一个哥哥是技术人员。她告诉我，她的家庭很富有，但是，自己还是主动要求利用假期出来打工当导游。

在苏军革命烈士公墓，我们见到了一对正在拍结婚照的新人。这对新人在五六位亲人的陪同下，先是向苏联红军烈士献花，然后再拍照留念。娜莎说：“这是最圣洁的婚礼和纪念。”

在列宁大街上，一位老战士站在路旁拉着手风琴，我们走过去，和他一起唱起《山楂树》《喀秋莎》等苏联歌曲，引来不少人的驻足与喝彩。娜莎自然是很高兴，随着节拍翩翩起舞，青春气息扑面而来。

在初中的时候，我就开始读苏联小说《青年近卫军》《静静的顿河》《这里的黎明静悄悄》等作品。那密密的森林，那婷婷的白桦，还有喀秋莎那美丽的姑娘，使我对这个近邻国度充满了好奇与向往。

真的没想到，几十年后如愿地踏上了这块神秘的土地。

九月的布拉格维申什克天高云淡，秋风送爽。站在一幅幅美丽的俄罗斯油画前，深切地感受到浓厚的异国情调。

我们走进一个普通的俄罗斯家庭，热情的女主人拿出刚刚出炉的面包和洗干净的西红柿招待我们。娜莎像是一个小主人一样，向我们介绍着俄罗斯的风情。

她的认真、热情和亲切深深地打动了我们。

下面，是我和娜莎走在列宁大街上的一段对话，至今记忆犹新。因为，她说的话强烈地震撼了我的心灵：

“娜莎，你去过中国吗？”

“我先后去了三次。”

“都到过什么地方？”

“一次去北戴河，两次到哈尔滨。”

“哈尔滨好吗？”

“真的很美。特别是步行街。”

“哈尔滨与布市哪个城市更好？”

“当然，是布市了！”

“……？”

“因为这里是我的祖国！”

“……！”

娜莎，一个美丽的俄罗斯女孩，你现在还好吧？！

2008年9月

今晚，我和俄罗斯画家坐在“头等舱”

哈尔滨刚刚下过一场雨，严格地说，雨还在淅淅沥沥地下着。这好像是冰城今年的头一场春雨，多少有些缠绵。太阳岛上的空气湿漉漉、甜丝丝的。尽管丁香还没有开放，但这是我从去年这个时候到现在，在这座城市里呼吸到的最好的气息。

沐浴在这场好雨好时节，中关国际社区艺术中心迎来了远方的客人，《“头等舱”艺术之春——中关国际社区业主与俄罗斯功勋画家见面交流会》伴随着悠扬的背景音乐和阵阵“乌拉——”的欢呼声在明亮的灯光下弥漫开来。

对于这样一个文化与艺术皆为上品的艺术中心来说可能司空见惯了，但是，对于我这样一个不懂艺术却又不想装懂的人来说，意义就大不一样了。因为，苏联的文学艺术对像我们这样一代人的影响至深，能和这些艺术家们面对面，这是我今生以来向往却难以实现的事。

苏联的文学艺术作品伴随着我的童年、少年、青年乃至今天，无论是电影还是歌曲，无论是文学作品还是油画，我都很是喜欢。普希金、果戈理、屠格涅夫、列夫·托尔斯泰、契可夫，特别是高尔基、尼古拉·奥斯特洛夫斯基都深深地刻在了我的心里。特别是到了黑龙江边境地区工作和生活后，对黑龙江对面的那个文化国度充满了强烈的向往、神秘和好奇。

梦想终会实现。2001年初夏，参加一次文化考察，我踏上了那片土地。尽管时间很短，但是，还是给我留下了美好的印象，并据此写了一篇散文《秋天，我在布拉格维申什克》。然而，那次并没有安排和俄罗斯文化与艺术界人士的交流活动。对于我来说，是一个小小的缺憾。

其实，我是真的不懂艺术。但是，不懂并不代表不想懂和不喜欢。我常和我的老师“大梁”先生说：“经常和有艺术的人在一起，自己也就艺术了”，对此，他深表赞同。也正是这样一种信念、一个追求、一种生活的态度，所以，感动了他，很多与艺术有关的活动，我都有幸受到他的邀请。我觉得这是一种幸福，尽管我今生也不可能成为艺术和文化人。

“五一”期间，经大梁老师的奔走努力，上海画院在沪举办了《五月——风·流——俄罗斯著名油画家作品邀请展》。俄罗斯功勋画家、艺术院校教授、俄罗斯画家联盟成员等12位艺术家及作品参展，异域的艺术之风在五月的上海刮起并大获成功。

还是让我们走进“头等舱”吧。艺术家们今天上午刚从上海来到哈尔滨。他们中间有的老艺术家的年龄在70岁以上。但是，他们不顾旅途疲劳，还是情绪饱满地和我们见面，使我近距离领略了俄罗斯艺术家们的风采和良好的文化艺术修养。

在这次中关国际艺术中心举办的一次油画展上，一幅题为《童年》的油画深深地吸引着我，久久不能释怀。大梁老师给我讲了油画及画家背后的故事，让我越发对其产生了浓厚的兴趣，正像当年在语文课本上第一次看到《伏尔加河上的纤夫》油画一样。

《童年》的画面环境很简洁，苏联农庄的原野上，一座木刻楞房子，两根光秃秃的木桩，还有一条泥泞的乡间小路。画面的主题是母亲和一个即将上路的孩子，母亲与孩子中间隔着一头牛，母亲正在叮嘱孩子。战乱已经让生活无法继续下去，孩子就要孤身走向远方。尽管母亲的画面是一个侧影，但是，那眼神，那深情，那份牵挂，都写在了画面上。大梁老师说，这是画家自己的故事。

这次，我终于见到了这位大画家——83岁的博利沙科夫·尼古拉·叶果诺维奇先生。他是俄罗斯功勋画家，海参崴画家。我在梁老师的引荐下请画家签名，他欣然答应，并在我汉字名字的后面用俄文写下：“祝您一切都好！”

这是一次民间性质的艺术交流活动，但是，每个人都很认真。宾主双方频频举杯祝酒致辞，简短而不失激情，真诚而不失礼节。当然，最为忙碌的就是大梁老师，还有翻译了。

最为活跃的还是俄远东国立艺术研究院油画系副教授、海参崴画家伊戈尔和巴利萨维奇·奥布霍夫的小女儿，给大家跳起了融俄罗斯、中国扇子舞和东北二人转为一体的扇子舞，艺术家们不时地发出朗朗的笑声。

“中俄友谊乌拉”“人民艺术乌拉”，这个夜晚无疑是美好的和难忘的。

《喀秋莎》《莫斯科郊外的晚上》《格林卡》，还有《茉莉花》……悠扬的旋律在大厅里回响，艺术在春雨里流淌。晚餐后，俄罗斯艺术家们就要启程回国。宾主共同举杯——祝中俄两国人民的友谊“乌拉”（万岁）！艺术与艺术家们“乌拉”（万岁）！

2016年5月8日　哈尔滨

布谷叫醒一面坡

一面坡的布谷鸟起得很早，“布谷——布谷——”把我叫醒的时候，还不到三点钟。

昨夜的一场春雨，把这个山里小镇洗刷得清清爽爽、透透亮亮。远处，青山如黛，连绵起伏，晨雾如纱，在山腰间飘散着，或浓或淡。街道两旁、房前屋后的篱笆院里，青菜绿油油、清凌凌的。伴随着布谷鸟的阵阵叫声，我走在寂静的街道上，偶有一两个行人从身边走过，闲庭信步。不知从谁家院子里溜达出一只小狗，好奇地打量着我，尔后又悠然地离开了。

如果不是那些古老而又独具特色的欧式建筑时不时地进入视线，我怎么也不会想到，这里已有百年历史。

一面坡镇地处黑龙江省尚志市东南，位于蚂蚁河南岸，张广才岭下。以前，我曾多次到这里考察。有人说，一面坡因镇内主街中有一段长约50米的墁坡而得名；也曾听人讲，因镇中主街面上依河，由西向东形成缓缓坡度，似一块巨大的搓板，斜插在苍穹之下，故名一面坡。至于孰是孰非，倒也无须定论，反而为这古镇增添了几分神秘色彩。

古镇是有故事的。清咸丰初年，直隶人刘禄、山东人李昌盛来到一面坡蚂蚁河流域采参。他们被这里的景色所吸引，于是决定安营扎寨，采矿营生。时隔不久，两人的亲戚、朋友陆续赶来，不到一年时间，就聚集了100多人。他们在这里男耕女织、打猎捕鱼，享受着大自然的恩惠。到了光绪年初，这里已经成了一个初具规模的小镇。

从1895年起，一面坡平静的生活被打破。沙俄政府攫取了中国境内修建铁路的特权，1897年沙俄开始修筑中东铁路，三年后通车。一面坡因是铁路中心站，交通方便，人口剧增，商家云集，日渐繁荣，一时间成为哈尔滨东部重镇。

这是一座典型的火车拉来的城镇，是应铁路而生的山间部落，我走得这条用青石块铺成的街道就叫“火车头路”。“铁路街”“（铁）道南”“（铁）道北”的街路名称延续至今。每次来到一面坡，我都有几分好奇，试图翻开尘封的岁月，拂去历史的尘埃，揭开它神秘的面纱，倾听百年风云中神奇而又厚重的历史传奇。

一列火车从这里呼啸而过，沿着火车站前的“铁路街”，我来到了一面坡车站。据史料记载，中东铁路初建成时，全线共104个车站，一面坡站是中东铁路时期较大的车站之一。一面坡因设铁路机务等诸多站段，俗称“五卡斯站”。“五卡斯”为俄语“段”之意。车站建筑由候车、办公及技术用房组合在一起，成为统一的站舍。2011年，一面坡站被国家文物局列为全国重点文物保护单位。

目前，站舍加固修缮正在施工中。走进候车室内，依旧能看见原有立柱、护墙板和售票口等当年的原物。遗憾的是，以前的建筑内部已被改造，原清水红砖面部分改为抹灰或粘贴瓷砖等现代材料。不过，我从看到站前施工公告的信息上，感到了一丝欣慰：通过这次修缮，一面坡站百年前的风貌，不久将再现。

一面坡站的改造只是这个百年小镇将要发生巨变的一瞥。铁路街上，旗帜在晨风中招展，一阵阵砂轮打磨机器的声音由远及近，吸引着我的脚步。哈尔滨铁路局一面坡红色教育基地正在这条街的尽头、在同样有着百年历史的一面坡机务段内如火如荼地展开。

去年冬天，我们到这里做了一次实地考察。冬去春回，虽短短几个月过去了，但这里已经是翻天覆地、今非昔比了。偌大的施工现场，脚手架高高耸起；推土机、卷扬机风尘仆仆；刚刚到场的不同型号、不同时期的火车头、车辆，扇形面依次排列。百年前的机车库被修缮一新，将再现中东铁路史，红色元素和红色基因成为展史主脉络；党史馆、廉政教育馆等新的建筑拔地而起；中东文化园区、机车广场、南泥湾精神体验园区以及文化墙、宣誓墙等文化设施同时建设。一个集人员培训、思想教育、历练体验和观光旅游为一体的综合基地即将在这里矗立起来，一面坡新的历史地标即将诞生，成为百年小镇生辉之眼、作用之骨、诱人之光。

我走进了一台破旧的“新曙光号”机车头前，两个工人戴着口罩，正在专心致志地打磨锈蚀和斑驳的外漆，浑身上下都是粉尘。工长告诉我，4月初开工，6月末竣工，工期太紧，睡不着啊，工友们不到四点就开始干活了。

置身建设工地，环顾四周，昨天在工地看到的场景再次重现：彩旗飘飘，机器轰鸣，笛声阵阵，车水马龙，群情高涨，如火如荼。

行走在如歌的岁月里，漫步在历史的花园中，我似乎感到：历史的契机，让我们与这片古老而又年轻的土地相知、相亲、相爱。

太阳早早爬上了山顶，躲在晨雾后面。小镇在苏醒之中，耳边只有那清脆的叫声在回荡：“布谷——布谷——”。

2016年6月30日　《人民铁道》报

醉在金色草原

我没有错过约定，于这个十月，在鸿雁尚没有南飞的季节，走进了巴尔虎金色的草原。

没有了喧嚣，没有了浮躁，没有了驱赶着牛羊和绿浪的人群。在苍穹之下，只有草原，只有天路，只有高高飞翔的云雀，还有那散漫着的牛羊、温情的毡房和虔诚的我们。

我记得，草原的天空原本是蓝色的，像大海一样深邃。可是，此时，却被鎏金般的秋阳映得辉煌，从脚下流淌到很远很远的地方。秋阳照耀下的我们，仿佛置身于一个硕大的宫殿之中，爱我所爱，想我所想。

那达慕大会会址静静地矗立在那里，我眼前好像浮现出“海市蜃楼”：盛会正在进行，激情澎湃的欢呼在巴尔虎草原上回荡；哈萨尔部落静静地矗立在那里，关闭着门窗的蒙古包、小木屋，在秋阳下格外耀眼夺目。部落人去潮退，已用铁丝网围了起来。但是，不知是什么人迫于急切的心情，还是把那铁障撕了一个小口。我们顺着车辙走了进去，看看毡房，看看木屋，还有那在风中摇曳着旗帜的敖包。

女主人走出了毡房，身后还有一只黑色牧羊犬。犬的皮毛在秋阳下发着黑黝黝的亮光。它一会围着主人转悠，一会又停下来打量着我们几位不速之客，很是友好与温顺。

如梦如幻，我耳边突然响起了歌声，那是“草原百灵”琪琪格演唱的《秋天

的思念》：“天苍苍，野茫茫，风吹秋草黄；水倒映，蓝天上，鸿雁一行行；我轻轻飞过花开又花落，依然是我旧时的模样；云儿知道风儿它知道，我把爱留在洁白的毡房……”

草原还没有真正到秋草黄的季节，但是，一行行车辙越发清晰了起来。“江水潺潺流过比岁月还长，是谁依旧在草原上守望，我的心多想化成一双翅膀，在草原上自由飞翔。”我站在山岗上，向北眺望，回想起我几年前到过的黑山头古城。也是在这样的一个季节，也是在这样的一个环境，我们穿越古城，想象着当年蒙古大军铁骑出征的场面。今天，又是在这样的一个季节，又是在这样的一个环境，我们站在了巴尔虎草原上。是啊，这里是成吉思汗的历史舞台，成吉思汗统一蒙古草原的几次重要战役均发生在这里，铁骑铮铮，战马嘶鸣，一代天骄威风凛凛。举目望向那连绵的山岗，仿佛看见成吉思汗正从天边策马而来，夕阳映照金甲，草原一片辉煌。

秋天的巴尔虎草原是朦胧的、宁静的，当然，辽阔沧桑中透露着律动之美。野阔草平，苍茫浩荡，牛羊悠然地散步在其间，放牧人高亢嘹亮的歌声从天边悠扬地飘来，人与自然和谐完美的画卷坦坦荡荡，一览无余。

羊群很安详，即使走近了它们，依然旁若无人，只顾着低头吃草。它们是在享受着一个夏天的惊恐之后、冬天来临之前的最美的大餐。牧羊人骑着摩托车，友好地为我们围拢着羊群，供我们从不同角度拍照。有人在欣赏他的劳动，牧羊人的内心一定是甜美的。

草原暖暖的，羊儿暖暖的，我们也暖暖的。于是，我放声高歌：“鸿雁，向苍天，天空有多遥远。酒喝干，再斟满，今夜不醉不还……”

太阳挂上了树梢，挂在了山岗上，火红的太阳映照着草原，草原的激情被点燃。雄性的草原，男人的草原，我的一个大大的“人”字倒影被夕阳写在了草地上。

一杯酒，一片天，还有陪伴我的草原。没有秋风劲吹，只有周身的暖意；没有往日的悲愁，只有生命的燃烧；没有浪迹天涯的心绪，只有回家的感觉是那样的熟悉而又亲切。

我用手机随机拍下这夕阳西下的“人”字，藏在心里。我用远方泛着波光的湖水当酒：一杯敬给天地，一杯献给草原，再一杯敬献给草原上的民族……

2015年9月23日　《呼伦贝尔日报》

草原之恋

（一）

一觉醒来，我们已经躺在了呼伦贝尔草原的怀抱里。

列车在草原上穿行。窗外，一望无际的葱茏让远来的北京客人几番赞叹，让我这个和草原过往甚密的人也为之心动了！

草原，我心灵的天堂。尽管我时常来看你，可在分别的日子里还是让我魂牵梦绕。

你是我梦中的新娘。见到你，就放飞了我的思念与全部向往。

（二）

天空飘着微雨，偶尔云层间透出一抹亮光。

多情的草原，始终没有辜负对她钟情的人们。

我们坐的汽车在草原上穿行，偶尔作一下停顿。

辽阔、空远的草地，挂着雨珠的草叶，还有那些黄的、红的、白的摇曳着笑脸的小花，镶嵌在草地上，让我们不忍离去。

远处的山丘上，阳光从阴云的缝隙里照射下来，金黄色的油菜花一片辉煌。

我们被这神奇的景色惊呆了。金黄的飘带在碧绿的毡毯上从眼前飘向远方，让我们不尽的遐想并随之飞扬。

泥泞的小路哪能挡住我们的脚步，我们亲近她，甚至吻她。

如果不是刚刚下过雨，我真想躺在草原的怀抱里，感受她美丽的呼吸。

我采摘着蒲公英，把花朵含在嘴里，好清香啊!

她，清新，而且可以“疗伤”。

（三）

“天苍苍，野茫茫，风吹草低见牛羊。”诗人当年对草原还有些淡淡伤感，眼前的草原确实是那诗句真实的写照。

当地人告诉我们，今年的呼伦贝尔草原雨水充沛，气候适宜，草势的繁茂是多年不曾见到的。

雨过天晴，阳光照耀在草原上。

牛儿、马儿在草地上悠闲地咀嚼着，那般安然的样子让我们羡慕不已：“当牛做马”未必有什么不好。

远离尘世，则可放弃了烦恼和浮躁!

毡房就像白莲花，羊群好似珍珠撒——草原醉了远方来客。

公路旁、小路上、草地间，时不时地看到远方来客拍摄留念，同时还传来激情的放声歌唱。

遗憾的是，我们没有见到头飘白纱、脚蹬马靴、身着红色蒙古袍的美丽姑娘挥舞着马鞭从远方奔腾而来。

但是，我们坚信，草原是不会让我们失望的。

（四）

我们走进“金帐汗”部落。

这里原来是一个小小的旅游景点，该景点的开发者额布斯也是我的朋友。如今因电影《嘎达梅林》《成吉思汗》在此拍摄而名声大振。

帐前，车水马龙，络绎不绝。更多的人是在欣赏它的风景而无心留意它的过去。

在离它百余公里的地方——黑山头，那里才真正是成吉思汗的古战场。

在一个初春的日子，我曾经到过那里，依稀可见当年的城墙、帷帐。

我们在城中沉思，枯草连天涯，风声呼啸过。好像听到了马蹄声声，看到了旌旗猎猎。

一代天骄，弯弓射大雕，威风凛冽啊！

在金帐汗部落，看到刻在朽木上的成吉思汗的古训词，心灵仍然感到震撼。

（五）

我们在祭敖包。

红丝带缠在石块上，扔向敖包的高处。

尽管我来过多次，也多次重复这样的动作，许下很多的愿望。但是，我每次来到这里都会认真地作同样的动作，并再次的许下心愿。

尽管我清楚："从来就没有什么救世主，也不靠神仙皇帝。"但是，我相信心诚则灵。

草原是诚信的。

在返程的途中，我们见到了乌兰——漂亮的蒙古族姑娘。

乌兰，艺校毕业，能歌善舞，文化的内涵让她透露出不凡的气质。

当我们提出要和她合影留念的时候，她莞尔一笑，钻进了蒙古包。

当她再走出来的时候，让我们眼前一亮：修长的身材，洁白的蒙古袍，绯红的脸颊和灿烂的笑容。

她还领来了两个同样漂亮的蒙古族姑娘。

她用并不熟练的汉语告诉我们：客人走进她的蒙古包是对她的喜欢；好好打扮一番，是对远方客人的尊重。

我们的心，再次醉了。

燃烧的篝火，燃烧的心

篝火在燃烧，草原在燃烧，我们的心也在燃烧。

月亮在旋转，草原在旋转，舞火者也在旋转。

草原的生命在夜色中被豪情点燃。

月亮挂在敖包的旗帜上，无数条彩带在微风中飘扬。

牧马人策马从远方奔来，羊群像珍珠一样撒在草原上。

远方的客人带着酒香、奶香和手把肉的清香，满怀热情地从蒙古包里走出来。

篝火熊熊，星光四溅。鼓声阵阵，催人出征。

在草原上没有陌生，没有羞涩，没有胆怯，只有豪情与奔放。

那些花季少年，那些矜持的姑娘，那些华发的老人不论老幼，不分国别。他们带着几分醉意、几分冲动、几分狂热，把手紧紧地拉在一起，围着篝火尽情地欢跳。

脚蹬马靴的小伙子的舞姿像雄鹰展翅；穿着长袍的蒙古姑娘的旋转好像带动了整个世界。歌声、笑声、欢呼雀跃声，伴着篝火的烈焰被高高得托上天空。

草原醉了，我也醉了。醉卧在草地上，看莫尔根河如哈达飘落在草原上，听毡房里传出的马头琴声——

草原夜色美，
琴曲悠扬笛声脆，
九天明月总相随。
晚风轻拂绿色的梦，
轻骑踏月不忍归……

牧原写意

心的旅程本该从牙克石出发沿着滨洲线长驱直入草原的，可是，在森林与草原接壤的地方，在林城牙克石和草原之都海拉尔之间有一个驿站，我是一定要停下脚步，流连且细细品味它的。

这个驿站叫牧原——一个草原味很浓的名字，一个让人陶醉的“世外桃源”。

牧原，四周无遮无拦，一片木樟围城和木刻楞搭建的房舍点缀在这里，像从森林里被风随意飘落的一粒种子在这里生根、发芽。

远处是连绵起伏的丘陵，白云从那丘陵上飘过。夏季，牛羊成群，悠然恬静。野花摇曳，多姿多彩。小河静静流淌，马车在草地上怡然地低吟浅唱。大片的油菜花黄灿灿地延伸到天边，与绿色草原形成强烈的色彩冲击力，好一幅温馨恬淡的田园风光。

冬天，这里又被大雪紧紧地裹抱着。大雪覆盖在房上，房前挂着红辣椒和黄澄澄的玉米，还有过年时的大红灯笼，简直就是一个童话的世界。

牧原虽是一个小镇，其实，它比镇要小得多，起码连一条像样的街道都没有，靠车站的一家黑黢黢的食杂店可能就是现在的“商厦”“超市”了。有的院落无遮无拦，有的则是用细小的原木或参差不齐的木板围着，还有的就是矮矮的榆树墙。院落相通，鸡犬相闻，炊烟袅袅，和谐极致。

车站对面有一所小学，两栋红砖瓦房搁在草地上，校园里有可爱的孩子，也有悠然踱步的鸡鸭。附近都是草垛和牛羊圈，干草味和那弥漫开来的牛粪味融合在一起，并不让人感到反感，反而多了几分温馨。

我常常到这里来检查教育教学工作，和老师们相处甚好。没有所谓的冰点，我们几个青年人就把白糖和水放进盆里、茶缸里，拿到教室外，使它在零下40多度的严寒中速冻。我们一起掏火墙，一起修教室，一起吃干菜，一起到很远的地方用爬犁去拉水。当然，我们也一起让夏风荡漾青春，让歌声飘过心底，让备课的灯光照耀边塞寂静的草原，用大碗、用茶缸、用饭盒装满小烧白酒去灌溉我们激情燃烧的岁月。

“山不在高，有仙则灵”。在“文革”中，宋庆龄先生的秘书就曾在这里教过书，尔后返回北京。我的几个当年的同事如今来到了省城，一批又一批孩子也从这里走向远方。

自然，是这里的景色。淳朴，是这里人们的品质。学校一个老师的老人夜间病重，急需到就近医院救治，因为交通不便，该老师心急如焚。恰好凌晨有一趟货物列车要通过此站，他的邻居家的大嫂竟把孩子的红领巾蒙在手电筒上，站在火车道上逼停了火车。最终，老人得救了，安然无恙。上级念该大嫂不懂铁路常识，也没有追究其任何责任。

这并非一般常人所为，真实的故事中也就多了几分传奇。

“采菊东篱下，悠然见南山”。牧原——好一块绿色净土。

当年，我常在那里歇息旅程的疲惫。今天，我又开始了心之旅程，再次路过这里，岂有不驻足的道理?

2008年12月　于呼伦贝尔

匆匆走过大鹿岛

大鹿岛，不只是一个岛。

今天风平浪静。从孤山镇“大鹿岛港码头”坐船，不到一个小时，就到了大鹿岛。

再乘上汽车，只有几分钟，就到了岛的南坡：黄海上的一个港湾。

一条主街道从我们住的宾馆门前穿过。导游说，这里就是大鹿岛的政治经济文化中心。

大鹿岛，其实不大，只有2.4平方公里，3 000多居民。从海岸线往岛上望去，除了花花绿绿的别墅洋房，已经看不到一点传统概念上的渔村模样。

岛上没有什么可玩的，除了下海，就是在海岸线上散散步，或在宾馆里休息。

大鹿岛，没有北戴河、北海那样黄金、白银的富贵海岸，而是黑乎乎的滩涂，淤泥覆盖了细沙。所以，很少有人在此游泳、戏耍。

不过，宁静，是这里的一个特点。当然，有时也不乏热闹火爆。

晚上，海水涨潮之后，那些操着不同口音的游客们，走出宾馆，来到一个又一个海鲜馆里痛快淋漓地吃起来、喝起来、侃起来。这时候，所有的一切都属于海鲜、白酒和海阔天空的神侃。

这里和其他地方唯一不同的是，可以燃放焰火、礼花，可以在滩涂上点起篝火，映着海浪，狂热地跳起来、喊起来、唱起来。

同行们昨天晚上喝多了，第二天早晨都没起来。而我凌晨四点多就登上了海上的“龟月楼”，等待大海上的日出。

真冷啊，游客不多，但个个都很“激动”。

太阳，并没有从海平面上升起，而是从对面山峰的凹处露出晨曦，整个山峰都像镶嵌了一道金边。

我靠在小亭子的廊柱上，稳稳端住相机，聚焦那朝阳，并不时地在瞬间按下快门。

祥光普照，必有好兆头。我留下了太阳升起的整个过程，兴奋不已，暗暗庆幸——吉星高照，祥光惠吾。

到过北戴河、南戴河，到过北海，到过“东方第一哨”的乌苏镇，这我还是第一次完整地观赏海上升祥光。

返程途中，大家欣赏着我的照片，唏嘘不已，好一阵感叹。

大鹿岛，不适合旅游观光，适合休闲度假，适合我这样的心境，能彻底让思想和身心都放松。

恋恋不舍，登岛、离岛不到20个小时，又匆匆返程。

我想，如果有一天，我有时间了，我会携夫人，带上孩子，再来这里住些日子。

在岛上，我坐在一个大柳树下与68岁的老渔民聊天，我的心与他一起出海。

在岛上，我抓住了一个“知了”，尽管它使劲地在叫，尽管我很可怜它被我捉到了，但是，我没有把它放飞。因为，那是我小时候在故乡的所爱。

在岛上，我和水鸟近距离接触，看它们悠然自得，任凭海浪拍打。

在岛上，除了心情如海，再无它物了。

这还不够吗?

诗人海子说得好：“面朝大海，春暖花开。”

心静，禅意。

离开岛，我还在回头。人们匆忙赶着上船，我还是在门楼前，抢着照了一张相，以示纪念。

我知道，离开那里，一切的浮躁，一切的烦恼，一切的杂念，一切避之不及的忙乱又会瞬间袭来。

所以，我愿一直呆在这里，尽管岛上没有什么好玩的。

自己和自己玩，岂不更有意思？！

回到家里，我在网上搜索大鹿岛的信息，大多是埋怨、后悔、指责。

其实，我觉得大鹿岛，还是值得一看的，特别是值得住下来，慢慢品味。

所以，我说大鹿岛不只是一个岛。那里是一个驿站，心灵的驿站。

2012年8月19日　于丹东

再读宏村

再次“走进”宏村，品读宏村，那是离开宏村一个月后的今天了。

在哈尔滨炎热的日子，我总算能在家里静下心来，捧起了由岭南美术出版社出版的《中国十佳魅力古镇西递·宏村》一书，做一次隔空相望的深度游——

2015年6月12日，我走进了安徽黟县东北部的宏村。村落距黟县县城仅有11公里，始建于南宋，距今已有800多年历史，被联合国教科文组织列为“世界文化遗产”。

那天的雨下得很大，从我们下车一直到离开，雨始终没有停过。尽管雨水湿身，却丝毫没有减少慕名而来者的兴趣。

典型的徽派建筑，鲜明的江南特色。烟雨中，站在南湖看村落，犹如一幅丹青水墨画轴在雨中展开，气势恢宏，让我不知道镜头从哪个角度选景才算是最佳。

走过廊桥荷花，沿着牛肠水渠，穿行在窄窄的巷子里或驻足在堂前廊下，我似乎觉得整个村落都弥漫着古香古色的近乎潮湿的老书里散发出的那种书卷气。扑鼻而来，沁人心脾，这也正是我游览其他古村落时少有的一种嗅觉。有撰文写道：“水光潋滟，山色空蒙；烟火千家，处处是诗，处处如画。”我却有另一番品评：“家家门前有清泉，潺潺流淌书卷香。”

“家住桃园好，村居别有天；秋山千树月，春水一湖烟。”小小的村落，竟有自己的书院。南湖书院占地6 000平方米，由志道堂、文昌阁、启蒙阁等6部

分组成。200年来，南湖书院培养出了一大批名人学士。这是其他古村落所鲜见的。让我在南国雷岗山下见识了燕京的“水木年华”。

这可能就是徽商把做官与读书、经商与文化传承融为一脉，“贾而好商”的最大特色了吧。

古宅精湛华丽，书卷气是从那里面每一个角落里飘出来的。承志堂、乐叙堂、德义堂、树人堂，各具特色，但都规规矩矩且堂堂正正。

给我留下永久纪念的是“敬修堂”。我在那里花20元钱买了这本书，因为那上面有“敬修堂”八世孙汪经三老先生的亲笔题字：“纸上得来终觉浅，心中悟出始知深——2015年6月”。我和汪先生坐在堂里的书案两侧交谈着并合影留念。先生的字写得洒脱大方，其寓意也更为深刻。是的，不到宏村，到了宏村不去解读，怎知它的底蕴之厚重？！

古黟为程朱理学之乡，各个古村都散落着很多名人名联，不仅书法精美绝伦，而且寓意深刻，寄托着屋主精神的追求、人生的体验及其对后人的期盼。

在宏村，这些林林总总的楹联让我们目不暇接，要想静下来品读它们则需要大量时间。更何况我们这些行如赶集、行色匆匆的观光客！

这就要感谢汪经三老先生题字的这本书了。今天坐下来，独享这些楹联，真是一种享受。“夜静斗撑弹剑月，秋高风洗读书天”“旧书不厌百回读，古砚微凹聚墨多”“书读百遍，学而不厌”“欲高门第需为善，要好儿孙必读书”……楹联之多，无“书”不在，朗朗上口，意味深长。

“水绕宏村，一渠碧玉千家分；花拥南湖，两岸浓华万树发。”走进宏村，与其说是观光赏景，不如说是在阅读一本史书。雨中数小时，我感觉只是看到了这部史书的冰山一角。

走进宏村，于雨中走马观花，来不及驻足；离开宏村，千般怀念终觉悔，再去不日。这是遗憾，也是无奈。

2017年4月　《上海铁道报》

夜宿大皮沟

头枕一脉青山，闻得蛙鸣犬吠，还有那些虫儿的叫声，今夜，我们住在了张广财岭下的大皮沟。

大皮沟到底是哪条沟？村子里两三个上了年纪的人也说不清。只是绕开大路，走小路，路口有一块大石碑，上面刻着三个草书大字：大皮沟。

大皮沟里可能有几个小山村，我们住的这个叫常乐村，与尚志市一面坡镇的实际距离不到30公里，走近路，开车也就20多分钟。可是，我们趁着暮色赶路，靠导航走了近两个小时。如果在途中不是遇上那个好心的司机大哥，再开几分钟，又开回到一面坡了。朋友戏言："科学也不靠谱啊。"

我们坐在"魏家大院"的火炕上，吃着大葱蘸大酱、炖豆角，还有腌得淌油的咸鸭蛋。虽然仅有四个人，还是吃得津津有味、热火朝天的。北京来的两个朋友，尽管很年轻，但还是被东北农村的风情、美味所陶醉了，一个劲儿地说："好吃，好吃。在北京，恐怕这辈子也不会吃上这么地道的饭菜。"

夜的大幕笼罩在山里，乌云遮住了星空，山里黑魆魆一片。但是，这些都丝毫没有打消我们的兴致。

借着灯光，我们在几家小院里转悠。农家院落，屋前棚后，都被果树包围着。果树、花草、庄稼，还有那些随意疯长的蒿子就是他们的篱笆院墙。

我们走进"老王农家乐"，站在结满李子的果树前聊天。主人老王60岁出头，清瘦干练，很健谈。老王是20世纪70年代从河北农村奔亲戚来到这里的。早

些年，这个小山村稀稀拉拉只有十几户人家，后来考虑孩子们上学，有的人家搬到山下去了。现在，能常年住在山上的不到5户人家，并且大都是上了年纪的人。远处的山顶上闪现着一点灯光，老王说，那是一对老夫妇，一年四季都住在山上。他们周围这三家，大都是春天上山，开始“伺候”果树，等卖完果实，冬天就回到镇子上去了。

我们走进一户张姓人家，男主人正是在途中带我们走进大皮沟的那个司机，年龄不大，一脸的憨厚；媳妇倒是风风火火，很开朗。院子里的灶坑里正烧着火，火苗舔着锅底，在黑色的夜幕下跳跃着。牛棚里传出阵阵的干草味，还有老牛咀嚼的声音，小狗的蓝眼睛不时地打量着我们。这环境，温馨、恬淡，在略带凉意的大山里，我感到了几分温暖，有了一种回家的感觉。对于我这样一个农民的儿子来说，这一切都是那么熟悉和亲切。

我们走进泥墙的老屋，家里人正围在一起准备吃晚饭。饭菜很简单，一人一碗面条，上面有几瓣西红柿，大葱、面酱，还有咸鸭蛋。司机的媳妇一个劲地说：“不好意思，这是俺家的老屋。为了照顾果树，现在只是临时住着。”

她的谦和，让我倒觉得不好意思。赶紧退出屋外，人家忙了一整天，晚上8点多，真该吃晚饭了。

闲人总是在探讨“幸福”的话题，原因是他们压根儿不知道什么是“幸福”。走在这大山里，走进这农家小院，面对着简朴的生活，我觉得他们丝毫没有贫寒的感觉，反而觉得，他们才是世界上最具幸福感的人。

回到“魏家大院”，男主人一边往炕上放着被褥，一边和我们攀谈起来。小魏40岁出头，山里的风雨让他的面相要比实际年龄老一点，话虽不多，但很精明。天已经开始下雨，小魏没有让我们下山，说路不熟悉，容易出事。他打电话告诉他媳妇：“家里来客人，别从镇上回来了。”他自己骑上摩托找地方住去了。

素昧平生，仅此一面，人家就把这么大一个家让给了我们几个陌生人，山里人的这份实诚和信任，让我们真是心存感激。

我们四个大男人躺在一铺大炕上，盖着大花被，闻着柴草的味道，我们没有丝毫的睡意。在炕上聊着见到的一切，聊着小魏，聊着果树，聊着山里的人和事。对于我这样一个同样有着山里情结的人来说，那故事就像屋前的溪水。

北京来的小刘，人很胖，我们叫他“小胖”，小胖其人有些诗意和底蕴。他把自己想出的第一句“山岚阵阵推叶摇”抛给了我，我们便有了共同的话题，开始玩“文学”。接着就有了“闻得虫鸣声声起”“星月遮羞空谷远”“人辞老屋远客来”的诗句。连起来一读，朋友们连声叫好，“人辞老屋远客来”，我们又想起了雨中的小魏。

雨越下越大，大得吓人，打在窗户上，砸在果树上，我真担心，那些压弯了枝头、就要熟了的沙果和李子会被风雨摇落。

火炕热乎乎的，窗外雨声骤急。我索性打开屋门，借着灯光一看：大雨如注，那些果树在风雨中摇晃。惹人喜爱的果实，反倒成了我一夜的牵挂。

夜宿大皮沟，一夜无眠。我早早起来了，只能隔窗而望：小院干干净净，鲜花清清凌凌，山峦间飘着云雾，屋檐下果实晶莹，流着雨水。

“春赏梨花代雪，秋尝百果飘香。”我们要回去了，望着广告牌子上的那句话，我夸小魏“真有文化”，他不好意思地说：“那是找人给咱做的。”

回味一夜，不舍地望着眼前的一切，我真的醉了：好一个世外桃源，如痴如醉的世外桃源。这境界，一定超越了陶渊明先生的想象，他所见到的世外桃源，未必有我今天见到的这般纯粹和透彻。

枕一脉青山，听空谷雨声，闻四野果香，纳人间灵气，作天下文章。离开大皮沟，我却有些昏昏欲睡，因为，醉意正浓！

2016年10月12日　《黑龙江日报》

走出《暴风骤雨》的“元茂屯”

深秋的黑龙江，秋收已进入尾声。田野上，已经裸露出黝黑的土地，一道道的垄沟变得清晰起来；有的秸秆还挺立在那里，枯干的叶子在风中飘扬；农家的院落里堆积着黄澄澄的玉米棒子，墙上挂着一串串火红的辣椒。

黑土地，又是一个丰收年。

就是在这样一个季节，我怀揣着儿时的梦想，从哈尔滨踏上了前往尚志市元宝镇的旅途，寻访少年记忆中的那个 “元茂屯”。

这里就是20世纪40年代末和60年代初的长篇小说及电影《暴风骤雨》的原型地。

徜徉在“暴风骤雨纪念馆”，我凝视着作家周立波的半身塑像，注视着一幅幅反映当时土改生活的照片、素描，抚摸着作家创作时用过的陈旧的书桌。在这个不大的空间里，我这个虔诚的老读者，和我敬仰的作家作着内心的“交流”，似乎听到了他澎湃的心跳，与他一起走进小说里的“元茂屯”。

1946年，时年38岁的周立波作为延安来的作家，受上级党组织指派，深入到元宝区委指导土改。他把当时当地土改的一些真实故事写进了该作品，展现了东北农村波澜壮阔的革命斗争画面，刻画了“赵光腚”“老孙头”“白大嫂”等一系列生动的农民形象，成为中国最早的反映土改斗争的优秀文艺作品。1951年，该作品荣获斯大林文学奖三等奖，1961年，由北京电影制片厂搬上了银幕。周立波让这个黑土地上、松花江南岸的一个小村庄家喻户晓。

说起元宝屯的名字，还真是有一段来历。原来在尚志市以北30公里处，有一座貌似金元宝的小山，世代居住在这里的农民有着摆脱贫困、过上好日子的愿望，于是就给小村起名为元宝屯。周立波走进这块黑土地时，元宝屯只有200户人家，除了地主老财以外，像“赵光腚”“老孙头”“白大嫂”等都住在不遮风雨的破马架子里，过着饥寒交迫的生活。这里，不仅没有结出过什么“元宝”，而是成了远近有名的“光腚村”。

“穷棒子”自古以来就有着一种坚韧不拔的勇气。“人穷志不短，俺们就有股子穷人的骨气”，小说中老孙头说过的这句话正是中国农民内心与精神的表达。经历了暴风骤雨土改的元宝村，伴随中国农村改革发展进程，也实行了包产到户。作家笔下的“元茂屯”，如今的元宝村，在党支部书记张宝金带领下发生了翻天覆地的变化。

农民自古以土地为命脉，不管是当年经历了土改的人们，还是今天希冀挖掘出“金元宝”的开拓者，都有着一个相同的情结，那就是“土地”。这是他们祖祖辈辈赖以生存的家园，对土地的热爱和依恋，融入了他们的血脉，一代又一代。

张宝金带领他的“掘金人”确立了立足于“农”，取利于“工”，实行“以工养农、工农并举”的致富路。他们以当年土改的奋斗精神，使土改名村一跃成为中国富强明村，如今已定位为“中国土改文化第一村”，彻底摘掉了种地靠贷款、吃粮靠返销、生活靠救济的“三靠村”的落后帽子。据2008年的《黑龙江日报》报道，到1996年，元宝村率先成为原松花江地区第一个亿元村，也是当时唯一一个亿元村。

走出“暴风骤雨纪念馆”，村委会依然很清静。看门人是一个山东老乡，用东北普通话告诉我：“大伙儿还没上班。”

这里已经是国家AAA景区，我站在《元宝村的明天——中国土改文化园区示意图》前，上面赫然写着：用两年时间，完成集餐饮、住宿、娱乐为一体的红色旅游专线建设，还原“元茂屯”的历史原貌。

走出村委会大院，迎面是一片荷塘，回廊与水中的亭子相接。一群白鹅在里面悠闲穿行，已经枯萎的莲杆摇曳着。从水面上飘着密密匝匝的败叶来看，夏天，这里一定是荷花盛开，生机盎然。

沿着“共产党员路”“巾帼路”“新村×道街”的指示，我徜徉在整洁的街道里。随处能看到房前屋后堆积着的玉米，黄澄澄、金灿灿、亮晶晶。家门或

开，或关，或虚掩着，家里窗台上摆放的鲜花格外显眼；电动车在地头与村子里奔跑着，人们在忙着秋收或正在午休。那个门卫老乡告诉我："上班的上班，下地的下地，元宝村没有闲人。"难怪在村子里我看不到几个人影。

村子的西边，有一个不大的广场，与田野相连。6支粉、黄、绿组成的铅笔雕塑成弧形展开，指向云天，与别墅相得益彰。我想，那是元宝村人对历史的传承，更是对未来的向往，他们要用最新的画笔描绘出中国农村最美的画卷。

思绪的纬线在此时穿越。望着眼前的景象，我想，这里会不会是小说最后一篇所写的全屯送军大会的会址呢？土改工作队萧队长的话在耳边回响："乡亲们，全国快要解放了。那时候，在这一大片土地上，咱们大伙来生产，开始用马来种地，往后就用拖拉机！"

作家周立波哪能预见，几十年后的"元茂屯"、黑土地上的这个鲜为人知的小山村怎么会成为今天的"元宝村"。他们不仅用上了拖拉机，还开上了小轿车，住进了别墅。

在村子里，在路边的田地里，在离这里只有不到百米的元宝镇，我打听了几个看上去有些年纪的人，问起《暴风骤雨》，他们都是一脸的茫然。是啊，经历过土改的老人们相继谢世，即便是40岁以上的中年人，对于土改往事也多半语焉不详，人们只能从"纪念馆"里，印证着那段暴风骤雨的日子。现在，已是改天换地的另一番景象了："元茂"牌煎饼进入了哈尔滨市场；从开办小木材加工厂，到兴建筷子厂、铅笔厂……村办企业一点点地发展起来；远离城市的小山村建成了国家级文明村、全国先进基层党组织、全国绿色小康村和新农村建设示范村……2014年，尚志市委宣传部在一篇报告中显示：元宝村已建成拥有28家企业、总资产6.4亿元的"亿元村"。

当我离开元宝村的时候，辉煌的秋阳穿透了雾霾，照耀着村庄。我不时地回头张望，这里分明是一部比小说更加厚重的史书，它不仅记录了中国农村的昨天、今天，还将记录下中国农村的未来。土地的变迁和农民的觉醒，让你触摸到了灵魂的升华和精神与力量的温度。

经历了那场暴风骤雨，"元茂屯"见到了彩虹；如今，小山村的故事仍在继续……

一个去了就不想回来的地方

朗乡在什么地方？在黑龙江，离哈尔滨不远，只需要坐四个多小时的火车。

（一）

7点多钟，我们从哈尔滨站上车，坐火车去朗乡。由于估计不足，没有事先买票。车上的很多人没有座位，我们只好站在车厢的连接处。据列车员讲，旅客大都是到铁路沿线的铁力、朗乡这一带漂流的。

12时许，我们到了朗乡。还没有来得及看小镇的模样，草草就餐后，便直奔巴兰河的源头。

从朗乡镇到巴兰河的时间不长，我们却是真切感受到了“东边日出西边雨，道是无晴却有晴”的山里景象。

汽车在山路上穿行，大道渐次展开，白云就在树荫的前方飘过。刚才还是阳光明媚，转过一个山谷，就是大雨滂沱。甚至还出现了一条大道，左边很干爽，而右边却是湿漉漉的奇特景象。

（二）

心之切，不知路途远，很快到了巴兰河源头。这时，天突然下起雨来。尽管雨很大，大家还是兴致很高，“全副武装”着入乡随俗，袒胸露背，穿着短裤，推着橡皮筏子下水。

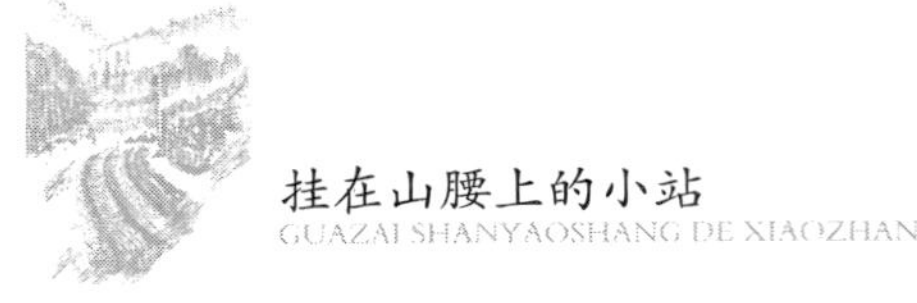

每次出去旅游，只要赶上下雨，基本上都是雨过天晴，彩虹飞架。这些现象在江西的婺源、井冈山、三清山，在大兴安岭，在云南的丽江都得到了验证。夫人说我有天缘，是我的善良之心感动了上苍。

刚刚雨下得还很大，我们下河的那一刻，突然停了。

巴兰河，两岸青山，云雾缭绕；一河清水，微波粼粼，清澈见底。水流很平稳，开始并未见急流险滩。夫人很有技巧，左右轻轻一拨，橡皮筏顺水而下。小船水中飘荡，两岸绿树成荫，看白云悠悠，听流水潺潺，真是人间仙境啊！夫人说，咱们唱首歌吧，说着夫人哼唱起《纤夫的爱》。我说，来个革命歌曲吧，我不禁放声高唱“小小竹排江中流，巍巍青山两岸走——”，此时河面上漂流的人们也跟着应合起来了。山谷里，河面上，歌声荡漾……

过险滩了，皮筏上下颠簸着，前后打着漩，我和夫人一左一右地划着桨，很顺利地通过一个个激流险滩，漂向平缓的河面。由此看来，心灵的和谐、默契才是最重要的。过了险滩，我掌舵，她拍照，怡然自得。

荡舟其中，赏两岸美景；置身自然，无忧无虑，大脑一派清醒。几经平静漂流，几经穿过险滩急流，那心情的愉悦与精神的放松真是好久没有过了。

两个多小时很快过去了。虽然身上被蚊子不时地光顾亲吻，被咬了好几个大包，但丝毫没有影响那份惬意与兴致。

天色渐暗，打道回府。一路上，雨还是时停时下。

（三）

汽车在暮色下钻进一片绿荫。嗬，别有洞天啊——

一条小河从门前穿过，几棵山丁子树长在门前，一串串红灯笼挂在屋檐下，熠熠生辉。树荫下，藤椅、茶几，还有脚下的流水，置身其中，如梦如幻。雨雾蒙蒙下，多了几分古朴、几分神秘、几分山乡文化的味道。

农家菜，真是有滋味！山泉水浇灌的自留地里种得倭瓜、茄子、辣椒、水萝卜等农家菜，特别是那黄瓜，老远就能闻到清香的味道。笨鸡蛋、笨鸭蛋，炖笨鸡，辣椒焖子，蘸酱菜，香酥鱼、焖活鱼……一道道地地道道的农家菜吃得肚皮要爆了。

第二天一早我出来散步，看到了“朗乡——翠花之乡” 的巨幅招牌。原来，这里是翠花酸菜之乡。

回到招待所，天又下起了雨。枕着巴兰河的流水声入梦。

（四）

这里的天，亮得很早。我和夫人早早起床，在“半湖公园”转了一圈。

公园置于深山林区，公园刚刚建完，很是干净。朗乡虽是小镇，不算规矩，但是，在几栋楼的楼梯上醒目地看到“福”“和”“谐”的字样。

对面是山，山上有亭；下面是湖，清澈干净。有几个外地的摄影发烧友很感兴趣地在拍照。

当地人告诉我：原来这里很是红火，人口也不少。现在，木材没有了，人们都走了，当地人口越来越少，我们看到的多是外地的观光客。

我在想，随着经营方式的转变，旅游业的开发，这里的明天一定会更火。

（五）

据说当地的原始森林有几个，朗乡有，五营也有，伊春的规模也不小。

我们去的这个“凉水”国家森林公园距离朗乡镇也就是一个多小时的车程。

走进林丛，为之惊叹——真是壮观之极！这是我在大兴安岭、江西、云南等地看到的规模最大、保存最好、最具特色的原始森林。

这里的植被好，地表湿度也很好，笔挺挺的参天大树上挂满了青苔。一棵接一棵，一片连一片，让你惊呼不已、赞叹不止，大饱眼福。

空气出奇地新鲜，荡漾五脏六腑，真是进入了一个天然大氧吧。我想，如果这里真的有一个神仙，那一定会长命百岁的。

一条小溪，从那边钻出来，流到我们眼前。我捧起来，擦擦眼，洗洗脸，让自己心明眼亮、干干净净。

这里是东北林业大学的实验基地，山下就有专家楼。走在木制的栈道上，徜徉其中，不时登上“观景台”，上面对稀有树种作着介绍。所到之处，无不被这浩大工程和专家们的辛勤付出而折服，即使是一棵小树挡在栈道上，他们也不舍得砍掉，而是把它保护下来，在栈道上任其生长。

与之形成强烈反差的是，不时看到树丛中、栈道下、观景台上游人随意扔下的矿泉水瓶和其他垃圾，大煞风景，破坏了环境。于是，我把一个喝光了水的瓶子拿在手里，直到下山，放进垃圾桶。

我们好奇地搂抱着一棵树神，四个人张开双臂也没有合拢。其实，在这里，像这样的大树随处可见。有的实在是太老了，只好躺在地上“休息”了，它们不可能“永垂不朽”了。

时间匆匆，我们忙着返程。

很久没有的依恋不舍的思绪，顷刻涌上心头。

这个世界，我们需要宁静！

2011年8月

北极村，喧嚣难掩的净土

这次再到北极村的时候，正好是夏至后的半个月。天气不冷不热，雨天过后，一早一晚的温度只有摄氏8、9度。

记忆中的北极村，已经变了模样。这里有了那种司空见惯的“山门”，有了更多操着南腔北调的游客，还有鳞次栉比的各色招牌与成片停建的楼堂馆所。

在大跃进式发展、甚嚣尘上的年代里，即使是穷乡僻壤、边防海疆，也无一幸免。北极村，这个中国最北的乡村当然在劫难逃。

我第一次走进北极村，是在1994年的冬天，气温好像是-42℃。刚进村子，我们不禁为之惊呼：“哇塞，童话世界也！”

木刻楞房子，墨绿色的哨所，袅袅炊烟；黑龙江对岸俄罗斯村庄更是近在眼前。板杖子围着的院落，还有嬉戏奔跑的孩子，使我们充满了好奇与神秘感。

我们在冰封雪锁的黑龙江上奔跑狂喊，我们在雪地上追逐嬉戏，我们坐在乡政府的板夹泥房子里，听着炉盖上哧哧响的开水声，喝着当地的小烧酒，心里很热便纵情歌唱。

如今，这里一切都在发生着变化，本来想再次找北的我，真的找不到北了。

我是来参加东北三省报纸高峰论坛会议的。媒体进入转型期，传统媒体受到新媒体的冲击，让长期从事并受到深度影响的报纸同行们，感到茫然，所以，来到北极找“北”，寻求传统媒体的出路。

喧嚣难掩找“北”人的热切心情。尽管当地时常下雨，但是来去匆匆，还没有影响我们的好心情。起早贪黑，利用一切可以利用的时间，寻找那份内心的宁静。

要问北极村，什么最牵魂？我说是那里的云。早在凌晨两三点钟，晚到九点多，变化的云际演绎着最炫美的色彩。

蓝天是云的背景，云在尽情地舞蹈。红的燃烧，蓝的宁静，白的如絮，黄的辉煌。她们时常交织在一切，迷乱、灼烧、眩晕着你的双眼。

我们追逐她，想拖住她的霓裳；我们拥抱她，想永远留住一份璀璨；我们想和她交流，问一问："你的故乡在哪里，为什么不能回到我的故乡？"

云无语，只是挥洒着自己的光彩，捉弄着你的心情。

夜幕已经拖到了地面。可是，总有一抹彩云不肯离去，在天地间飘逸。于是，吸引了你的目光，也牵着你的手，一同回到云的故乡。

要说北极村，什么最诱人？我认为，还是那份宁静。毕竟，那里是中国最北的地方，很多人还是力所不及。所以这里还没有达到人群熙熙攘攘的地步，安静可能成为这里最铺张的恩赐。

我们住在"北极春宾馆"，是一排平房的家庭旅馆，旅馆的主人夫妻俩四十多岁，很友善，也很能干。院子里鲜花盛开，玉米、蔬菜葱茏；后面的窗户下就是西瓜地，三天不到的光景，居然长了一大截。在这样年平均气温极低的条件下，能种西瓜，这是我20年前来这里时，无论如何都不敢想的事。

坐在院落里的遮阳伞下，看着这田园风光，望着俄罗斯一方的群山，很是惬意。这还真有点"采菊东篱下，悠然见南山"的味道。

到了夜晚，不管是鸡鸣狗吠，还是蟋蟀的叫声，都听得真真切切。听惯了城市里的喧嚣，刚来这里，还真是有点不习惯。

我和旅馆老板家的老人聊天，谈起当年我到这里的感受，老人和我很有同感。我说，为什么北极村这么好的品牌，现在叫"北极镇"？老人也是一脸无奈。据说，把北极村改为北极镇，为的是城镇一体化，改变了他们的身份，但是，"该干啥还是干啥"，这是老人的看法。

当年的田园不见了，延伸到黑龙江边的麦田、滩涂也不见了，"北陲哨兵"的标志性雕塑被掩映了。酒吧、酒店、旅馆、机构，成为村里主打的风景。

北极村，在祖国版图上有着不可比拟的地缘优势，是祖国北部"天涯"，如果把中国地图比作一只金鸡，北极村就在金鸡冠的顶尖上，素有"不夜城"之称。

“如果你站在北纬53度半的边境线上，面南背北，呈现在你眼前的，便是整个中国！”所以，这里的店铺、商品大都与“北”有关，如中国最北的邮局、最北的金融机构、最北的“冷饮店铺”，甚至还有“最北的厕所”。特别是到了北纬53度半的“北极点”，古往今来书法大家的“北”字，更是林林总总、目不暇接，吸引众多国内外找“北”人的目光聚焦这里，成为北极村人赢得知名度和赚取收入的增长点。当地香瓜已经卖到十块钱一斤。据说，西瓜是50块钱一斤。在最北“冷饮店”里，一根普通的冰棍卖到了5元。

同来的《黑龙江林业报》的总编辑，是黑龙江业内的文化名人，也是一个摄影发烧友。他要把这里的一切都要装进他的镜头，就算是顶着大雨，也要出去拍。因为，这里的风物、世情、景色、影像，所有的一切，都是独一无二的。

我走进最北邮局，又称“圣诞邮局”，花60元钱买了几张明信片。在一张背面印有一个大大“北”字的明信片上，我给儿子写下了这样一句话：“一个人真正找着‘北’，还真不是一件容易的事。”同时，在另一张明信片上为快到百天的小孙女（二哥的孙女）“珍妮”写下：“可爱的珍妮，幸福地成长。”这一定是她出生以来收到的最“北”的祝福。

黑龙江水，变幻着它的色彩，也张扬着它的性格。烟雨下，雾锁大江，云海苍茫，一泻千里，大气磅礴；夕照下，波光粼粼，温文尔雅，静静流淌，把你的思绪流向远方。

我不止一次地在江边漫步，欣赏两岸风光，并默默祈祷：北极村，我的圣洁地——宁静致远……

2014年10月　《中国铁路文艺》

青藤爬满的往事

这是松花江北岸的一个小火车站，与喧闹的城市隔江相望。火车从哈尔滨站向北开出，穿过松花江大桥，第一站就是这里。从前，大多数客车还能在站上停一停；现在，车站没了，原本就很寂静的地方，更加冷清了。

几棵柳树、榆树扭扭歪歪地疯长着，遮阴蔽日。碎石、砖块垒起的一道道农家围墙里，沙果树上挂满了青青的果子，蔬菜长势茂盛。一条狭长的小路，两边长满了野草，偶尔冒出几朵小花，有的爬上了篱笆。一只小狗尾随着我们，不时汪汪地叫上两声，恬静中多了几分祥和。

这个地方，叫庙台子，已经有一百多年的历史了。有人说，这里曾经有一座庙，虽然不大，但是香火不断；也有的人说，压根就没那么回事。不管怎么说，庙台子自有庙台子的缘由了。

庙台子南面与松花江北岸之间的那道戕壕，今天还依稀可见。我们踏着泥泞，站在这里，听着专家的讲述。据说，当年义和团从江北攻打哈尔滨，就是在这里开的炮。几十年前，还有人在这里见过坚固的炮台，当地人称这条战壕是"炮台沟"。炮台和战壕已经被风沙掩埋，但是，那两座现存的"冰窖"和几栋俄式的"黄房子"还依然"健在"，诉说着百年往事。

"黄房子"褪去了原有的色彩，木制的门窗几近腐烂，裸露着褪色的木板，裂开了一道道缝隙。门上爬满了青藤，倚着门框向上滋长，里面发生的故事也传到了现在——

这座房子是1903年7月，伴随着中东铁路全线通车而建成的，南屋是养路工区用房，北屋是俄籍职工的住宅。1924年初春，一个名叫格里巴夫的苏籍养路工长家住进了北屋。因格里巴夫家养牛、种地，忙不过来，他雇了一个闯关东来的刘姓“小山东”。“小山东”十六七岁，老实、勤奋，深得格里巴夫一家人喜欢。格里巴夫有个独生女儿，名叫格尼娅，性情活泼，能歌善舞，年龄与他相仿，两个人时常在一起嬉戏玩耍，交流语言，唱歌跳舞。

几年后，“小山东”成了小伙子，格尼娅也出落成一个漂亮的姑娘，二人互生爱慕之情。自然，这些都没有逃过格里巴夫夫妻的眼睛。“小山东”勤劳、善良的为人，深得他们夫妻喜欢，不仅把女儿格尼娅许配给了他，还让他上了铁路、当了养路工。1933年初，格里巴夫夫妻腾出了一间屋子，为女儿格尼娅和“小山东”举行了婚礼。

1934年2月，格尼娅生了一个男孩，混血儿小福（化名）活泼可爱，给格里巴夫家人带来了欢乐。“小山东”和格尼娅心情愉悦，对未来生活充满了无限憧憬。可是好景不长，1935年3月23日，苏联单方面将中东铁路转卖给日本，从同年4月2日开始，中东铁路当局安排沿线苏籍员工及家属陆续撤离回国，曾经给了他们欢乐的“黄房子”转眼间见证了生离死别。

格里巴夫执意将女儿和小福带走，“小山

东”苦苦哀求将儿子留下，但格里巴夫夫妇坚决不答应。面临与爱妻及亲生骨肉分离，“小山东”心如刀割。格尼娅进退两难，整天以泪洗面。中国工友私下里给“小山东”出主意，让他设法将儿子留住。他也暗下决心，一定想办法把亲生骨肉留在中国。苏籍员工撤离那天，一列瓦罐车驶进庙台子车站，由于装车时间有限，站区一片慌乱，“小山东”乘机抱起儿子藏进了“黄房子”的地窖里，捂住儿子的嘴，任妻子和岳父、岳母及邻居在上面大声呼喊，就是不作声。开车时间到了，格里巴夫请求车长不要发车，容他们再找找孩子，但被车长拒绝。火车开动时，格尼娅哭得死去活来，几次发疯般欲跳下火车，但都被格里巴夫夫妇死死抱住。

格尼娅回国后，再无音信。“小山东”和不满2岁的小福相依为命，在十分艰难的日子里坚守相望。工友们看着实在可怜，在工长的主张下，工友们集钱为他在“五站”找了一个李姓妇女。见面那天，“小山东”只提出一个条件，就是婚后不能让孩子受委屈。李氏淳朴善良，同情他们父子的遭遇，点头应允。1939年5月的一天，“小山东”和李氏在“黄房子”里成了亲。

走进“黄房子”的李氏，给父子生活带来了温馨。她对小福十分疼爱，还给他重新起了个小名，叫“柱子”。在她的精心呵护下，“柱子”健康成长，8岁上学，学习很好，直到中学成绩一直优秀。中学毕业后，学校保送他进入哈尔滨商业学院读书，毕业后分配到秋林公司工作，后来还当上了经理。

经历了家庭的悲欢离合和1957年那场松花江大水的袭击，“小山东”从来没有离开过庙台子。1967年退休，1969年12月病逝，这一年63岁。“小山东”辞世后，李氏独自在“黄房子”里安度晚年，直到1987年4月病逝。

突然，一只鸟儿从窗户里飞了出来，打断了我的思绪。夕阳西照，“黄房子”被涂上了几分古朴的色彩。墙角下，几株葵花怒放着，黄澄澄的。透过残缺的门扉缝，可以看到里面是长满了野草的院落，几株叫不上名字的小花，婷婷地盛开着。那些青藤爬上了门窗，枯荣岁岁，不曾老去。

因为，它们的根已经深深地扎在了这里……

2017年10月　《人民铁道》报

后　记

今年，是农历狗年，是我的本命年；今天，是大年初一，于浓浓的年味中，我静下心来在本书《后记》中说几句话。

是机遇巧合，还是冥冥注定，这部书紧赶慢赶，赶在了我的本命年出版，算是献给自己的生命礼赞吧！

继2009年我出版了散文集《梦见山里花开时》之后，就时有朋友鼓励我再结集出版一部自己的文学作品。因底气不足，被一直搁浅。

2015年初夏，在一次文学笔会上，受文友们的鼓励，这种渴望被再次点燃。于是，我着手开始收集、整理散落在报刊和博客上的作品。也就从这一年开始，因为被委以建设局史馆和编撰史书的重任，收集工作时断时续，历经了三年之多。2017年10月，我参加了中国铁路文联在北京举办的文学创作骨干培训班，于感染中受到鞭策，真切感受到：春天的脚步近了，文学的春天来了。

《挂在山腰上的小站》是最初的书名，一直没有改变。虽说“铁味十足”，但并非单指某一个行当或者是两根钢轨旁的建筑。人在旅途，行程漫长，每一个节点、每一次过往都是一个驿站。或爬坡过坎、跋山涉水，或大路坦荡，洒满阳光，进进出出，停停歇歇，无不都是一次又一次新的出发。我正是从小站起步，沿着两根钢轨，用半生的经历，从大兴安岭走到了省城。一路走来，我对“小站”充满了敬意，它给了我坚毅和信心。正如王雄先生说的那样：“走过的，都是美好的。”

《挂在山腰上的小站》从结集到出版，历经数年。期间，一直得到了诸多好友的关心、鼓励和帮助。如果没有他们的倾情相助，这部书今天的出版可能还是一个逗号。《人民铁道》报社原党委书记、社长，现中国铁路作协主席、汉水文化学者王雄先生欣然为本书写序；《鸡西矿工报》副总编辑、黑龙江省作家协会全委会委员卢伟光先生对代表作品做了精彩点评，一并收入此书。《黑龙江林业报》社社长、作家王宏波先生，黑龙江省书法家协会副主席、哈尔滨铁路局文联秘书长陈宇龙先生以及好友梁树成、李朝君、吴明辉、段爱国先生都曾为本书策划、结集、校对等工作提出了宝贵意见。中国铁道出版社鼎力支持出版工作，辛苦多多。

窗外，爆竹声声；室内，暖意荡漾。在此，对于各位朋友的关心、支持和帮助，我谨表示诚挚的谢意！

是为后记。

韩玉皓

2018年2月16日于哈尔滨